考試分數大躍進
累積實力
百萬考生見證
應考秘訣

2

根據日本國際交流基金考試相關概要

絕對合格

U0080078

N2 文法

＋

新聞

QR Code

山田社
Shan Tian She
STS

金牌作者群 吉松由美
西村惠子・林勝田

引爆時事，30天內讓新聞助你攻克 **N2** 文法

這本書，它不平凡，它簡直就像是一顆明亮的寶石，
讓您在新日檢 N2 文法中游刃有餘，深入了解時事新聞，就像一位知識的吸塵器。
您將能夠自信地談論各種話題，開創職場的全新時代，
有如打開了一扇門，那裡充滿了遼闊的未知世界！

讓我們來看看這本書的威力吧：

▶ 這裡有創新文法口訣濃縮，它就像是一個魔法師，讓您瞬間記住文法要點。
▶ 豐富的例句，經過我們巧妙的設計，以新聞為主題，讓您在學習的同時感覺就像是在看新聞一樣，時刻與世界同步。

這不僅僅是學習日語的旅程，而是一場讓您的視野遍及世界各地的冒險。您將成為一位不畏風浪的航海家，時刻駕馭在時代的洪流之上，無懼任何挑戰。您的羅盤，就是我們這本書中的獨家秘籍。新日檢或日語學習的海洋，您都能輕鬆馭航。

讓我們一起走過這個旅程，體驗一下這本書的超級力量吧：

▶ 結合新聞時事與 N2 文法，您將感覺像是在看一部電影一樣生動有趣。
▶ 我們解決了學習與實踐之間的矛盾，讓您的學習不再是抽象的，而是能夠真正用到的。
▶ 像是打了一個漂亮的全壘打，一舉數得，節省您的時間和精力。
▶ 讀寫聽說全面提升，就像打開了日語的大門，讓您全方位的提升自己的日語能力。
▶ 快速地像是抄捷徑般的成長，這感覺就像是打了一場完美的比賽。

在日檢考試中，您將能夠像是一位職棒大聯盟的全壘打王，一揮棒就能精準地擊出全壘打，讓大家都為您的表現瞠目結舌！

看看我們的「亮點」吧，這些就像您的裝備，總是讓您在最需要的時候派上用場：

① **瞬間回憶的「關鍵字」**：口訣就像是考前的能量棒，快速解鎖打開您的記憶大門，準備好進場了嗎？

② **快速攻略的〔文法＋新聞時事話題〕**：讓您成為話題大師，總是能在任何時候抓住聽眾的注意力。

③ **快速抓住重點「文法速記表」祕笈**：像是您的道路指南，讓您清楚知道自己的方向，不會迷失在文法的海洋中。

④ **走向精通的「類義表現專欄」**：就像一個智慧的導遊，引導您在相似、相反的用法中自如穿梭。

⑤ **「N3 文法『溫』一下」小專欄**：再次回顧所學，就像是在山頂上回頭看看自己走過的路，讓您有更深的體驗和理解。

⑥ **經歷 9 輪隨堂試煉＋ 3 場緊張刺激的模擬對戰**：考試對您來說就像一場遊戲，打擊準確率達到驚人的 100%！

想變身日語大師？這本書就是您的新日檢 N2 文法秘籍！快來看看我們的 8 大絕妙策略，讓您笑著學日語，直達語言高手之路：

1 記憶法寶「神奇口訣」

一鍵解鎖您的記憶寶庫！

憑藉本書的獨特「關鍵字」系統，讓文法變得易懂且吸引人。透過這些彷如密碼的關鍵字，讓您的記憶體在考試時啟動，順利達成高分！

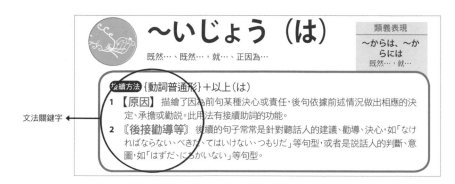

〜いじょう（は）

既然…、既然…，就…、正因為…

類義表現
〜からは、〜からには
既然…，就…

接續方法 {動詞普通形}＋以上（は）

1 【原因】 描繪了因為前句某種決心或責任，後句依據前述情況做出相應的決定、承擔或勸說。此用法有接續助詞的功能。

2 〖後接勸導等〗 後續的句子常常是針對聽話人的建議、勸導、決心，如「なければならない、べきだ、てはいけない、つもりだ」等句型，或者是說話人的判斷、意圖，如「はずだ、にちがいない」等句型。

文法關鍵字 ←

2 雙倍收益

掌握「N2 文法 + 時事」，話題精通，無往不利。

透過本書的活潑新聞案例，包含政治、社會、經濟、國際、文化、體育、科技、生活、娛樂、社論、時事評論、讀者論壇等多元主題。您不僅能提升 N2 文法及單字力，也能擴大知識視野。讓您成為掌握最新流行訊息的話題達人，無論在職場或社交場合都能引領風潮！

2 最近、テレワークが広がっている一方で、オフィスでの仕事もまだまだ多い。
近期，雖然遠距工作越來越普及，但在辦公室的工作仍然眾多。

3 インターネットは情報を簡単に取得できる一方で、デマやフェイクニュースも多い。
網際網路雖然能讓我們輕易獲得資訊，但也充斥著許多假新聞與謠言。

新聞時事例句 ←

3 精細多義

深度解析每一個文法用法，再加上接續，讓您迅速抓住正確答案。

我們詳盡描繪文法的多面貌，例如「～をぬきにして」具有以下含義：一、沒有前項，後項就很難成立「沒有…就（不能）…」；二、去一般情況會有的前項而做後項「去掉…」。讓您在看到每個例句時，立刻就能捕捉到關鍵答案。再也不會因為文法的多變而感到困惑，只要有本書在手，文法考試就能輕鬆拿下！

～をぬきにして（は／も）、はぬきにして

	類義表現
	～ぬきで
	不算…

1. 沒有…就（不能）…；2. 去掉…、停止…

接續方法 {名詞}＋を抜きにして（は／も）、は抜きにして

1 【附帶】「抜き」來自於「抜く」的ます形，後來用作名詞。表示沒有前項，後項就無法成立，如例 (1)～(4)。

2 【不附帶】表示在去除前項通常存在的情況下，進行後項的動作，如例 (5)。

4
市民の意見を抜きにしては、新政策の立案は進められない。

如果沒有市民的意見，就無法推進新政策的制定。

5
今回の文化ニュースでは、人種や国籍は抜きにして、世界中のさまざまな文化について取り上げたいと思います。

此次文化新聞，我們將不論種族或國籍，關注世界各地的多樣文化。

④ 明確區別

透過比較並擴展類似與相反概念，使學習更全面且高效！

深入剖析了 N2 文法考題所需的各種語義，並精緻地比對和拓展相似或對立的概念，旨在讓您的學習更加全方位且效率超群。書中將展現如何巧妙地在各種情境中調整表達，讓您在每一次的考試中，都能游刃有餘地運用您所學。不僅如此，我們更助您在每次言談中，都能洞悉語言之美，把握精準表達。

類義表現 →

⑤ 極致策略

一瞥即掌握的重點速記表，打造您的高效學習策略，深度洞悉文法的奧秘。

這份巧思構思的文法精要表，全方位揭示所有關鍵重點，並搭配深入淺出的中文詮釋。這份獨特的精要表能讓您在有限的時間內迅速且高效地複習，它的便攜性讓您能隨時隨地切入學習，成為您考前緊湊復習的必勝法寶。它將會是您身邊的 N2 文法祕密武器！書中還為您精心規劃了讀書計劃表，助您步步為營地規劃學習進程。只要有策略地安排並付諸行動，您一定能贏得優異成績！

裁切裝訂
隨時帶著背

沿著虛線裁切

50 音排序 ←

N2 文法速記表

★ 步驟一：沿著虛線剪下《速記表》，並且用你喜歡的方式裝訂起來！

★ 步驟二：請在「讀書計劃」欄中填上日期，依照時間安排按部就班學習，每完成一項，就用螢光筆塗滿格子，看得見的學習，效果加倍！

安排讀書
計劃 →

五十音順	文 法		中 譯	讀書計劃
あ	あげく	あげく	／…到最後	
		あげくに	／…，結果…	
		あげくの		
	あまり	あまり	／由於過度…	
		あまりに	／因過於… ／過度…	
い	いじょう	いじょう	／既然…	
		いじょうは	／既然…，就…	

6 深度複習

同步進階複習，全方位準備，成功就在咫尺！

我們精心設計了每個單元之間的 N3 語法複習小專欄，這不僅讓您在吸收新的文法知識的同時，也能對比和複習已學過的 N3 文法，我們為您打造了一個全面且清晰的速成複習方案，這將是您迎戰日語水平考試的致勝關鍵。通過「溫故知新」的全方位準備，成功自然就在指尖。

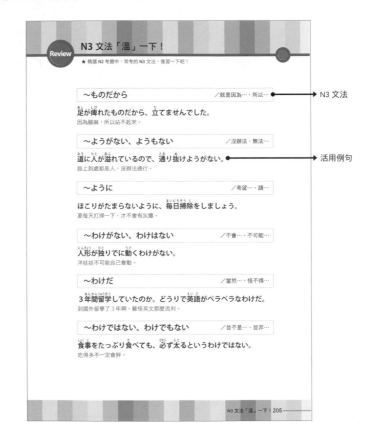

Review

N3 文法「溫」一下！

★ 精選 N2 考題中，常考的 N3 文法，複習一下吧！

| ～ものだから | ╱就是因為…，所以… | → N3 文法 |

足が痺れたものだから、立てませんでした。
因為腳麻，所以站不起來。

| ～ようがない、ようもない | ╱沒辦法、無法… | → 活用例句 |

道に人が溢れているので、通り抜けようがない。
路上到處都是人，沒辦法通行。

| ～ように | ╱希望…、請… |

ほこりがたまらないように、毎日掃除をしましょう。
要每天打掃一下，才不會有灰塵。

| ～わけがない、わけはない | ╱不會…、不可能… |

人形が独りでに動くわけがない。
洋娃娃不可能自己會動。

| ～わけだ | ╱當然…、怪不得… |

3 年間留学していたのか。どうりで英語がペラペラなわけだ。
到國外留學了 3 年啊。難怪英文那麼流利。

| ～わけではない、わけでもない | ╱並不是…、並非… |

食事をたっぷり食べても、必ず太るというわけではない。
吃得多不一定會胖。

精準命中考點

　　每個單元後 9 回隨堂測驗＋ 3 回必勝全真模擬試題，直擊考點，確保考試成功！

　　透過每個單元結束的小測驗，您能立即試煉新習得的文法知識。我們更為您提供由金牌日檢專家參照國際交流基金和財團法人日本國際教育支援協會公布的日語能力試驗文法部分考核標準，精心製作的模擬試題，體驗全真的考試環境，深入洞悉考試要點。完成後，您將立即了解學習效果，並對整體考試有更全面的掌握，提升實戰反應能力。像參加了確保成功的訓練班一樣！

　　若您已準備好迎接全面模擬試題的挑戰，我們強烈推薦《新日檢 6 回全真模擬 N2 寶藏題庫＋通關解題》為您的最佳練習夥伴！

隨堂測驗
立驗成果

問題說明
應試訣竅

模擬試題
100% 命中

8 聽力致勝

配有 QR 碼的線上音檔，讓您輕鬆攻克「新制日檢」！

所有的日文句子都由專業聲優錄製，確保每一個音調、節奏和速度都適合新日檢 N2 的聽力考試。在學習文法的同時，您會熟悉 N2 級別的發音和語調，讓您視聽並練，強化記憶，激活思維，打下堅實基礎，拿到優異證書！開創更多職場機會，塑造更光明的未來！

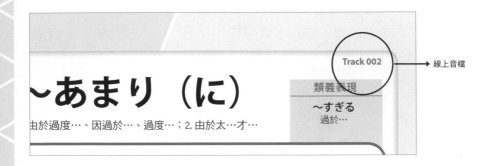

~あまり（に）

由於過度…、因過於…、過度…；2.由於太…才…

Track 002 → 線上音檔

類義表現
~すぎる
過於…

目錄 contents

詞　性	定　義	例（日文／中譯）
名詞	表示人事物、地點等名稱的詞。有活用。	門^{もん}（大門）
形容詞	詞尾是い。説明客觀事物的性質、狀態或主觀感情、感覺的詞。有活用。	細^{ほそ}い（細小的）
形容動詞	詞尾是だ。具有形容詞和動詞的雙重性質。有活用。	静^{しず}かだ（安静的）
動詞	表示人或事物的存在、動作、行為和作用的詞。	言^いう（說）
自動詞	表示的動作不直接涉及其他事物。只説明主語本身的動作、作用或狀態。	花^{はな}が咲^さく（花開。）
他動詞	表示的動作直接涉及其他事物。從動作的主體出發。	母^{はは}が窓^{まど}を開^あける（母親打開窗戶。）
五段活用	詞尾在ウ段或詞尾由「ア段＋る」組成的動詞。活用詞尾在「ア、イ、ウ、エ、オ」這五段上變化。	持^もつ（拿）
上一段活用	「イ段＋る」或詞尾由「イ段＋る」組成的動詞。活用詞尾在イ段上變化。	見^みる（看） 起^おきる（起床）
下一段活用	「エ段＋る」或詞尾由「エ段＋る」組成的動詞。活用詞尾在エ段上變化。	寝^ねる（睡覺） 見^みせる（讓…看）
變格活用	動詞的不規則變化。一般指カ行「来る」、サ行「する」兩種。	来^くる（到來） する（做）
カ行變格活用	只有「来る」。活用時只在カ行上變化。	来^くる（到來）
サ行變格活用	只有「する」。活用時只在サ行上變化。	する（做）
連體詞	限定或修飾體言的詞。沒活用，無法當主詞。	どの（哪個）
副詞	修飾用言的狀態和程度的詞。沒活用，無法當主詞。	余^{あま}り（不太…）

詞　性	定　義	例（日文／中譯）
副助詞	接在體言或部分副詞、用言等之後，增添各種意義的助詞。	～も（也…）
終助詞	接在句尾，表示說話者的感嘆、疑問、希望、主張等語氣。	か（嗎）
接續助詞	連接兩項陳述內容，表示前後兩項存在某種句法關係的詞。	ながら（邊…邊…）
接續詞	在段落、句子或詞彙之間，起承先啟後的作用。沒活用，無法當主詞。	しかし（然而）
接頭詞	詞的構成要素，不能單獨使用，只能接在其他詞的前面。	御^お～（貴〈表尊敬及美化〉）
接尾詞	詞的構成要素，不能單獨使用，只能接在其他詞的後面。	～枚^{まい}（…張〈平面物品數量〉）
寒暄語	一般生活上常用的應對短句、問候語。	お願^{ねが}いします（麻煩…）

關鍵字及符號表記說明

符號表記	文法關鍵字定義	呈現方式
【　】	該文法的核心意義濃縮成幾個關鍵字。	【經由】
〚　〛	補充該文法的意義。	〚諺語〛

文型接續解說

▶ 形容詞

活　用	形容詞（い形容詞）	形容詞動詞（な形容詞）
形容詞基本形 （辭書形）	おおきい	きれいだ
形容詞詞幹	おおき	きれい
形容詞詞尾	い	だ
形容詞否定形	おおきくない	きれいではない
形容詞た形	おおきかった	きれいだった
形容詞て形	おおきくて	きれいで
形容詞く形	おおきく	×
形容詞假定形	おおきければ	きれいなら（ば）
形容詞普通形	おおきい おおきくない おおきかった おおきくなかった	きれいだ きれいではない きれいだった きれいではなかった
形容詞丁寧形	おおきいです おおきくありません おおきくないです おおきくありませんでした おおきくなかったです	きれいです きれいではありません きれいでした きれいではありませんでした

▶ 名詞

活　用	名　詞
名詞普通形	あめだ あめではない あめだった あめではなかった
名詞丁寧形	あめです あめではありません あめでした あめではありませんでした

► 動詞

活 用	五 段	一 段	カ 変	サ 変
動詞基本形 （辞書形）	書く	集める	来る	する
動詞詞幹	書	集	0 （無詞幹詞尾區別）	0 （無詞幹詞尾區別）
動詞詞尾	く	める	0	0
動詞否定形	書かない	集めない	こない	しない
動詞ます形	書きます	集めます	きます	します
動詞た形	書いた	集めた	きた	した
動詞て形	書いて	集めて	きて	して
動詞命令形	書け	集めろ	こい	しろ
動詞意向形	書こう	集めよう	こよう	しよう
動詞被動形	書かれる	集められる	こられる	される
動詞使役形	書かせる	集めさせる	こさせる	させる
動詞可能形	書ける	集められる	こられる	できる
動詞假定形	書けば	集めれば	くれば	すれば
動詞命令形	書け	集めろ	こい	しろ
動詞普通形	行く 行かない 行った 行かなかった	集める 集めない 集めた 集めなかった	くる こない きた こなかった	する しない した しなかった
動詞丁寧形	行きます 行きません 行きました 行きませんでした	集めます 集めません 集めました 集めませんでした	きます きません きました きませんでした	します しません しました しませんでした

★ 步驟一：沿著虛線剪下《速記表》，並且用你喜歡的方式裝訂起來！

★ 步驟二：請在「讀書計劃」欄中填上日期，依照時間安排按部就班學習，每完成一項，就用螢光筆塗滿格子，看得見的學習，效果加倍！

五十音順	文 法		中 譯	讀書計劃
あ	あげく	あげく	／…到最後 ／…，結果…	
		あげくに		
		あげくの		
	あまり	あまり	／由於過度… ／因過於… ／過度…	
		あまりに		
い	いじょう	いじょう	／既然… ／既然…，就…	
		いじょうは		
	いっぽう	いっぽう	／在…的同時，還… ／一方面…，一方面… ／另一方面…	
		いっぽうで		
う	うえ	うえ	／…而且… ／不僅…，而且… ／在…之上，又…	
		うえに		
		うえで	／在…之後 ／…以後… ／之後（再）…	
		うえでの		
		うえは	／既然… ／既然…就…	
	うではないか	うではないか	／讓…吧 ／我們（一起）…吧	
		ようではないか		
	うる	うる	／可能 ／能 ／會	
え	える	える		
お	おり	おり	／…的時候 ／正值…之際	
		おりに		
		おりには		
		おりから		

五十音順	文　法		中　譯	讀書計劃
か〜まいか	か〜まいか		／要不要… ／還是…	
かい	かいがある		／總算值得 ／有了代價 ／不枉…	
	かいがあって			
がい	がい		／有意義的… ／值得的… ／…有回報的	
かぎり	かぎり		／盡… ／竭盡… ／以…為限 ／到…為止	
	かぎり		／只要… ／據…而言	
	かぎりは			
	かぎりでは			
がたい	がたい		／難以… ／很難… ／不能…	
かとおもうと	かとおもうと		／剛一…就… ／剛…馬上就…	
	かとおもったら			
か〜ないかのうちに	か〜ないかのうちに		／剛剛…就… ／一…（馬上）就…	
かねる	かねる		／難以… ／不能… ／不便…	
	かねない		／很可能… ／也許會… ／說不定將會…	
かのようだ	かのようだ		／像…一樣的 ／似乎…	

五十音順	文法		中譯	讀書計劃
か	から	からこそ	／正因為… ／就是因為…	
		からして	／從…來看…	
		からすれば	／從…來看	
		からすると	／從…來說	
		からといって	／（不能）僅因…就… ／即使…，也不能… ／說是（因為）…	
		からみると		
		からみれば	／從…來看 ／從…來說 ／根據…來看…的話	
		からみて		
		からみても		
き	きり	きり〜ない	／…之後，再也沒有… ／…之後就…	
く	くせして	くせして	／只不過是… ／明明只是… ／卻…	
け	げ	げ	／…的感覺 ／好像…的樣子	
こ	こと	ことから	／…是由於… ／從…來看 ／因為…	
		ことだから	／因為是…，所以…	
		ことに	／令人感到…的是…	
		ことには		
		ことなく	／不… ／不…（就）… ／不…地…	
		こともなく		
さ	ざるをえない	ざるをえない	／不得不… ／只好… ／被迫…	

五十音順	文　法		中　譯	讀書計劃
し	しだい	しだい	／要看…如何 ／馬上… ／一…立即 ／…後立即…	
		しだいだ	／全憑… ／要看…而定 ／決定於…	
		しだいで		
		しだいでは		
		しだいです	／由於… ／オ… ／所以…	
	じょう	じょう	／從…來看 ／出於… ／鑑於…上	
		じょうは		
		じょうでは		
		じょうの		
		じょうも		
す	すえ	すえ	／經過…最後 ／結果… ／結局最後…	
		すえに		
		すえの		
	ずにはいられない	ずにはいられない	／不得不… ／不由得… ／禁不住…	
そ	そう	そうにない	／不可能… ／根本不會…	
		そうもない		

五十音順	文　　法		中　　譯	讀書計劃
た	だけ	だけあって	／不愧是… ／也難怪…	
		だけでなく	／不只是…也… ／不光是…也…	
		だけに	／到底是… ／正因為…，所以更加… ／由於…，所以特別…	
		だけある	／到底沒白白… ／值得…	
		だけのことはある	／不愧是… ／也難怪…	
		だけましだ	／幸好 ／還好 ／好在…	
	たところが	たところが	／可是… ／然而…	
つ	っこない	っこない	／不可能… ／決不…	
	つつ	つつある	／正在…	
		つつ	／儘管…	
		つつも	／雖然… ／一邊…一邊…	
て	てかなわない	てかなわない	／…得受不了 ／…死了	
		でかなわない		
	てこそ	てこそ	／只有…才（能） ／正因為…才…	
	てしかたがない	てしかたがない	／…得不得了	
		でしかたがない		
		てしょうがない		
		でしょうがない		
		てしようがない		
		でしようがない		

五十音順	文　法		中　譯	讀書計劃
て	てとうぜんだ	てとうぜんだ	／難怪… ／本來就…	
		てあたりまえだ	／…也是理所當然的	
	ていられない	ていられない	／不能再… ／哪還能…	
		てはいられない		
		てられない		
		てらんない		
	てばかりはいられない	てばかりはいられない	／不能一直… ／不能老是…	
		てばかりもいられない		
	てはならない	てはならない	／不能… ／不要…	
	てまで	てまで	／到…的地步 ／甚至…	
		までして	／不惜…	
と	といえば	といえば	／談到… ／提到…就…	
		といったら	／説起… ／不翻譯	
	というと	というと	／你説… ／提到…	
		っていうと	／要説… ／説到…	
		というものだ	／也就是… ／就是…	
		というものではない	／…可不是… ／並不是…	
		というものでもない	／並非…	

五十音順	文　法		中　譯	讀書計劃
と	どうにか	どうにか〜ないものか	／能不能…	
		どうにか〜ないものだろうか		
		なんとか〜ないものか		
		なんとか〜ないものだろうか		
		もうすこし〜ないものか		
		もうすこし〜ないものだろうか		
	とおもう	とおもうと	／原以為…，誰知是…	
		とおもったら	／覺得是…，結果果然…	
	どころ	どころか	／哪裡還… ／非但… ／簡直…	
		どころではない	／哪裡還能… ／不是…的時候 ／何止…	
	とはかぎらない	とはかぎらない	／也不一定… ／未必…	
な	ない	ないうちに	／在未…之前，… ／趁沒…	
		ないかぎり	／除非…，否則就… ／只要不…，就…	
		ないことには	／要是不… ／如果不…的話，就…	
		ないではいられない	／不能不… ／忍不住要… ／不禁要… ／不…不行 ／不由自主地…	
	ながら	ながら	／雖然…，但是… ／儘管…	
		ながらも	／明明…卻…	

五十音順	文　法		中　譯	讀書計劃
に	にあたって	にあたって	／在…的時候 ／當…之時 ／當…之際	
		にあたり		
	におうじて	におうじて	／根據… ／按照… ／隨著…	
	にかかわって	にかかわって	／關於… ／涉及…	
		にかかわり		
		にかかわる		
	にかかわらず	にかかわらず	／無論…與否… ／不管…都… ／儘管…也…	
	にかぎって	にかぎって	／只有… ／唯獨…是…的 ／獨獨…	
		にかぎり		
	にかけては	にかけては	／在…方面 ／關於… ／在…這一點上	
	にこたえて	にこたえて	／應… ／響應… ／回答 ／回應	
		にこたえ		
		にこたえる		
	にさいし	にさいし	／在…之際 ／當…的時候	
		にさいして		
		にさいしては		
		にさいしての		
	にさきだち	にさきだち	／在…之前，先… ／預先… ／事先…	
		にさきだつ		
		にさきだって		
	にしたがって	にしたがって	／依照… ／按照… ／隨著…	
		にしたがい		

五十音順	文　法		中　譯	讀書計劃
に	にしたら	にしたら	／對…來説 ／對…而言	
		にすれば		
		にしてみたら		
		にしてみれば		
	にしろ	にしろ	／無論…都… ／就算…，也… ／即使…，也…	
	にすぎない	にすぎない	／只是… ／只不過… ／不過是…而已 ／僅僅是…	
	にせよ	にせよ	／無論…都… ／就算…，也… ／即使…，也… ／…也好…也好	
		にもせよ		
	にそういない	にそういない	／一定是… ／肯定是…	
	にそって	にそって	／沿著… ／順著… ／按照…	
		にそい		
		にそう		
		にそった		
	につけ	につけ	／一…就… ／每當…就…	
		につけて		
		につけても		
	にて	にて	／以… ／用… ／因… ／…為止	
		でもって		
	にほかならない	にほかならない	／完全是… ／不外乎是… ／其實是… ／無非是…	

五十音順	文 法		中 譯	讀書計劃
に	にもかかわらず	にもかかわらず	／雖然…，但是… ／儘管…，卻… ／雖然…，卻…	
ぬ	ぬき	ぬきで	／省去… ／沒有… ／如果沒有…（，就無法…） ／沒有…的話	
		ぬきに		
		ぬきの		
		ぬきには		
		ぬきでは		
	ぬく	ぬく	／穿越 ／超越 ／…做到底	
ね	ねばならない	ねばならない	／必須… ／不能不…	
		ねばならぬ		
の	のうえでは	のうえでは	／…上	
	のみならず	のみならず	／不僅…，也… ／不僅…，而且… ／非但…，尚且…	
	のもとで	のもとで	／在…之下	
		のもとに		
	のももっともだ	のももっともだ	／也是應該的	
		のはもっともだ	／也不是沒有道理的	
は	ばかり	ばかりだ	／一直…下去 ／越來越… ／只等… ／只剩下…就好了	
		ばかりに	／就因為… ／都是因為…，結果…	
	はともかく	はともかく	／姑且不管… ／…先不管它	
		はともかくとして		
	はまだしも	はまだしも	／若是…還説得過去 ／（可是）… ／若是…還算可以…	
		ならまだしも		

五十音順	文　法		中　譯	讀書計劃
ふ	ぶり	ぶり	／…的樣子 ／…的狀態 ／…的情況 ／相隔…	
		っぷり		
へ	べきではない	べきではない	／不應該…	
ほ	ほど	ほどだ	／幾乎… ／簡直…	
		ほどの		
		ほど〜はない	／沒有比…更…	
ま	まい	まい	／不打算… ／大概不會… ／該不會…吧	
	まま	まま	／就這樣…	
		まま	／隨著…	
		ままに	／任憑…	
も	も〜ば〜も	も〜ば〜も	／既…又… ／也…也…	
		も〜なら〜も		
	も〜なら〜も	も〜なら〜も	／…不…，…也不… ／…有…的不對，…有…的不是	
	もかまわず	もかまわず	／（連…都）不顧… ／不理睬… ／不介意…	
	もどうぜんだ	もどうぜんだ	／…沒兩樣 ／就像是…	
	もの	ものがある	／有…的價值 ／確實有…的一面 ／非常…	
		ものだ	／以前… ／…就是… ／本來就該… ／應該…	
		ものなら	／如果能…的話 ／要是能…就…	
		ものの	／雖然…但是	

五十音順	文 法		中 譯	讀書計劃
や	やら	やら～やら	／…啦…啦 ／又…又…	
を	を～として	を～として	／把…視為…（的） ／把…當做…（的）	
		を～とする		
		を～とした		
	をきっかけに	をきっかけに	／以…為契機 ／自從…之後 ／以…為開端	
		をきっかけにして		
		をきっかけとして		
	をけいきとして	をけいきとして	／趁著… ／自從…之後 ／以…為動機	
		をけいきに		
		をけいきにして		
	をたよりに	をたよりに	／靠著… ／憑藉…	
		をたよりとして		
		をたよりにして		
	をとわず	をとわず	／無論…都… ／不分… ／不管…，都…	
		はとわず		
	をぬきにして	をぬきにして	／沒有…就（不能）… ／去掉… ／停止…	
		をぬきにしては		
		をぬきにしても		
		はぬきにして		
	をめぐって	をめぐって	／圍繞著… ／環繞著…	
		をめぐっては		
		をめぐる		
	をもとに	をもとに	／以…為根據 ／以…為參考 ／在…基礎上	
		をもとにして		
		をもとにした		

請沿虛線裁切

N2
TEST

JLPT

一、什麼是新日本語能力試驗呢

1. 新制「日語能力測驗」

2. 認證基準

3. 測驗科目

4. 測驗成績

二、新日本語能力試驗的考試內容

N2 題型分析

＊以上內容摘譯自「國際交流基金日本國際教育支援協會」的
「新しい『日本語能力試驗』ガイドブック」。

一、什麼是新日本語能力試驗呢

1. 新制「日語能力測驗」

從2010年起實施的新制「日語能力測驗」（以下簡稱為新制測驗）。

1－1　實施對象與目的

　　新制測驗與舊制測驗相同，原則上，實施對象為非以日語作為母語者。其目的在於，為廣泛階層的學習與使用日語者舉行測驗，以及認證其日語能力。

1－2　改制的重點

改制的重點有以下4項：

1　測驗解決各種問題所需的語言溝通能力

　　新制測驗重視的是結合日語的相關知識，以及實際活用的日語能力。因此，擬針對以下兩項舉行測驗：一是文字、語彙、文法這3項語言知識；二是活用這些語言知識解決各種溝通問題的能力。

2　由4個級數增為5個級數

　　新制測驗由舊制測驗的4個級數（1級、2級、3級、4級），增加為5個級數（N1、N2、N3、N4、N5）。新制測驗與舊制測驗的級數對照，如下所示。最大的不同是在舊制測驗的2級與3級之間，新增了N3級數。

N1	難易度比舊制測驗的1級稍難。合格基準與舊制測驗幾乎相同。
N2	難易度與舊制測驗的2級幾乎相同。
N3	難易度介於舊制測驗的2級與3級之間。（新增）
N4	難易度與舊制測驗的3級幾乎相同。
N5	難易度與舊制測驗的4級幾乎相同。

＊「N」代表「Nihongo（日語）」以及「New（新的）」。

3 施行「得分等化」

由於在不同時期實施的測驗，其試題均不相同，無論如何慎重出題，每次測驗的難易度總會有或多或少的差異。因此在新制測驗中，導入「等化」的計分方式後，便能將不同時期的測驗分數，於共同量尺上相互比較。因此，無論是在什麼時候接受測驗，只要是相同級數的測驗，其得分均可予以比較。目前全球幾種主要的語言測驗，均廣泛採用這種「得分等化」的計分方式。

4 提供「日本語能力試驗Can-do 自我評量表」（簡稱JLPT Can-do）

為了瞭解通過各級數測驗者的實際日語能力，新制測驗經過調查後，提供「日本語能力試驗Can-do 自我評量表」。該表列載通過測驗認證者的實際日語能力範例。希望通過測驗認證者本人以及其他人，皆可藉由該表格，更加具體明瞭測驗成績代表的意義。

1－3 所謂「解決各種問題所需的語言溝通能力」

我們在生活中會面對各式各樣的「問題」。例如，「看著地圖前往目的地」或是「讀著說明書使用電器用品」等等。種種問題有時需要語言的協助，有時候不需要。

為了順利完成需要語言協助的問題，我們必須具備「語言知識」，例如文字、發音、語彙的相關知識、組合語詞成為文章段落的文法知識、判斷串連文句的順序以便清楚說明的知識等等。此外，亦必須能配合當前的問題，擁有實際運用自己所具備的語言知識的能力。

舉個例子，我們來想一想關於「聽了氣象預報以後，得知東京明天的天氣」這個課題。想要「知道東京明天的天氣」，必須具備以下的知識：「晴れ（晴天）、くもり（陰天）、雨（雨天）」等代表天氣的語彙；「東京は明日は晴れでしょう（東京明日應是晴天）」的文句結構；還有，也要知道氣象預報的播報順序等。除此以外，尚須能從播報的各地氣象中，分辨出哪一則是東京的天氣。

如上所述的「運用包含文字、語彙、文法的語言知識做語言溝通，進而具備解決各種問題所需的語言溝通能力」，在新制測驗中稱為「解決各種問題所需的語言溝通能力」。

新制測驗將「解決各種問題所需的語言溝通能力」分成以下「語言知識」、「讀解」、「聽解」等3個項目做測驗。

語言知識	各種問題所需之日語的文字、語彙、文法的相關知識。
讀　解	運用語言知識以理解文字內容，具備解決各種問題所需的能力。
聽　解	運用語言知識以理解口語內容，具備解決各種問題所需的能力。

作答方式與舊制測驗相同，將多重選項的答案劃記於答案卡上。此外，並沒有直接測驗口語或書寫能力的科目。

2. 認證基準

新制測驗共分為N1、N2、N3、N4、N5，5個級數。最容易的級數為N5，最困難的級數為N1。

與舊制測驗最大的不同，在於由4個級數增加為5個級數。以往有許多通過3級認證者常抱怨「遲遲無法取得2級認證」。為因應這種情況，於舊制測驗的2級與3級之間，新增了N3級數。

新制測驗級數的認證基準，如表1的「讀」與「聽」的語言動作所示。該表雖未明載，但應試者也必須具備為表現各語言動作所需的語言知識。

N4與N5主要是測驗應試者在教室習得的基礎日語的理解程度；N1與N2是測驗應試者於現實生活的廣泛情境下，對日語理解程度；至於新增的N3，則是介於N1與N2，以及N4與N5之間的「過渡」級數。關於各級數的「讀」與「聽」的具體題材（內容），請參照表1。

■ 表1 新「日語能力測驗」認證基準

	級數	認證基準
		各級數的認證基準，如以下【讀】與【聽】的語言動作所示。各級數亦必須具備為表現各語言動作所需的語言知識。
困難 *	N1	能理解在廣泛情境下所使用的日語 【讀】・可閱讀話題廣泛的報紙社論與評論等論述性較複雜及較抽象的文章，且能理解其文章結構與內容。 ・可閱讀各種話題內容較具深度的讀物，且能理解其脈絡及詳細的表達意涵。 【聽】・在廣泛情境下，可聽懂常速且連貫的對話、新聞報導及講課，且能充分理解話題走向、內容、人物關係、以及說話內容的論述結構等，並確實掌握其大意。
	N2	除日常生活所使用的日語之外，也能大致理解較廣泛情境下的日語 【讀】・可看懂報紙與雜誌所刊載的各類報導、解說、簡易評論等主旨明確的文章。 ・可閱讀一般話題的讀物，並能理解其脈絡及表達意涵。 【聽】・除日常生活情境外，在大部分的情境下，可聽懂接近常速且連貫的對話與新聞報導，亦能理解其話題走向、內容、以及人物關係，並可掌握其大意。
	N3	能大致理解日常生活所使用的日語 【讀】・可看懂與日常生活相關的具體內容的文章。 ・可由報紙標題等，掌握概要的資訊。 ・於日常生活情境下接觸難度稍高的文章，經換個方式敘述，即可理解其大意。 【聽】・在日常生活情境下，面對稍微接近常速且連貫的對話，經彙整談話的具體內容與人物關係等資訊後，即可大致理解。
* 容易	N4	能理解基礎日語 【讀】・可看懂以基本語彙及漢字描述的貼近日常生活相關話題的文章。 【聽】・可大致聽懂速度較慢的日常會話。
	N5	能大致理解基礎日語 【讀】・可看懂以平假名、片假名或一般日常生活使用的基本漢字所書寫的固定詞句、短文、以及文章。 【聽】・在課堂上或周遭等日常生活中常接觸的情境下，如為速度較慢的簡短對話，可從中聽取必要資訊。

＊N1最難，N5最簡單。

3. 測驗科目

新制測驗的測驗科目與測驗時間如表2所示。

■ 表2　測驗科目與測驗時間＊①

級數	測驗科目（測驗時間）			
N1	語言知識（文字、語彙、文法）、讀解（110分）		聽解（55分）	→
N2	語言知識（文字、語彙、文法）、讀解（105分）		聽解（50分）	→
N3	語言知識（文字、語彙）（30分）	語言知識（文法）、讀解（70分）	聽解（40分）	→
N4	語言知識（文字、語彙）（25分）	語言知識（文法）、讀解（55分）	聽解（35分）	→
N5	語言知識（文字、語彙）（20分）	語言知識（文法）、讀解（40分）	聽解（30分）	→

測驗科目為「語言知識（文字、語彙、文法）、讀解」；以及「聽解」共2科目。

測驗科目為「語言知識（文字、語彙）」；「語言知識（文法）、讀解」；以及「聽解」共3科目。

N1與N2的測驗科目為「語言知識（文字、語彙、文法）、讀解」以及「聽解」共2科目；N3、N4、N5的測驗科目為「語言知識（文字、語彙）」、「語言知識（文法）、讀解」、「聽解」共3科目。

由於N3、N4、N5的試題中，包含較少的漢字、語彙、以及文法項目，因此當與N1、N2測驗相同的「語言知識（文字、語彙、文法）、讀解」科目時，有時會使某幾道試題成為其他題目的提示。為避免這個情況，因此將「語言知識（文字、語彙、文法）、讀解」，分成「語言知識（文字、語彙）」和「語言知識（文法）、讀解」施測。

＊①：聽解因測驗試題的錄音長度不同，致使測驗時間會有些許差異。

4. 測驗成績

4－1　量尺得分

舊制測驗的得分，答對的題數以「原始得分」呈現；相對的，新制測驗的得分以「量尺得分」呈現。

「量尺得分」是經過「等化」轉換後所得的分數。以下，本手冊將新制測驗的「量尺得分」，簡稱為「得分」。

4－2　測驗成績的呈現

新制測驗的測驗成績，如表3的計分科目所示。N1、N2、N3的計分科目分為「語言知識（文字、語彙、文法）」、「讀解」、以及「聽解」3項；N4、N5的計分科目分為「語言知識（文字、語彙、文法）、讀解」以及「聽解」2項。

會將N4、N5的「語言知識（文字、語彙、文法）」和「讀解」合併成一項，是因為在學習日語的基礎階段，「語言知識」與「讀解」方面的重疊性高，所以將「語言知識」與「讀解」合併計分，比較符合學習者於該階段的日語能力特徵。

■ 表3　各級數的計分科目及得分範圍

級數	計分科目	得分範圍
N1	語言知識（文字、語彙、文法）	0～60
	讀解	0～60
	聽解	0～60
	總分	0～180
N2	語言知識（文字、語彙、文法）	0～60
	讀解	0～60
	聽解	0～60
	總分	0～180
N3	語言知識（文字、語彙、文法）	0～60
	讀解	0～60
	聽解	0～60
	總分	0～180

N4	語言知識（文字、語彙、文法）、讀解	0〜120
	聽解	0〜60
	總分	0〜180
N5	語言知識（文字、語彙、文法）、讀解	0〜120
	聽解	0〜60
	總分	0〜180

　　各級數的得分範圍，如表3所示。N1、N2、N3的「語言知識（文字、語彙、文法）」、「讀解」、「聽解」的得分範圍各為0〜60分，3項合計的總分範圍是0〜180分。「語言知識（文字、語彙、文法）」、「讀解」、「聽解」各占總分的比例是1：1：1。

　　N4、N5的「語言知識（文字、語彙、文法）、讀解」的得分範圍為0〜120分，「聽解」的得分範圍為0〜60分，2項合計的總分範圍是0〜180分。「語言知識（文字、語彙、文法）、讀解」與「聽解」各占總分的比例是2：1。還有，「語言知識（文字、語彙、文法）、讀解」的得分，不能拆解成「語言知識（文字、語彙、文法）」與「讀解」2項。

　　除此之外，在所有的級數中，「聽解」均占總分的3分之1，較舊制測驗的4分之1為高。

4－3　合格基準

　　舊制測驗是以總分作為合格基準；相對的，新制測驗是以總分與分項成績的門檻2者作為合格基準。所謂的門檻，是指各分項成績至少必須高於該分數。假如有一科分項成績未達門檻，無論總分有多高，都不合格。

新制測驗設定各分項成績門檻的目的，在於綜合評定學習者的日語能力，須符合以下2項條件才能判定為合格：①總分達合格分數（＝通過標準）以上；②各分項成績達各分項合格分數（＝通過門檻）以上。如有一科分項成績未達門檻，無論總分多高，也會判定為不合格。

　　N1~N3及N4、N5之分項成績有所不同，各級總分通過標準及各分項成績通過門檻如下所示：

級數	總分		分項成績					
			言語知識（文字・語彙・文法）		讀解		聽解	
	得分範圍	通過標準	得分範圍	通過門檻	得分範圍	通過門檻	得分範圍	通過門檻
N1	0～180分	100分	0～60分	19分	0～60分	19分	0～60分	19分
N2	0～180分	90分	0～60分	19分	0～60分	19分	0～60分	19分
N3	0～180分	95分	0～60分	19分	0～60分	19分	0～60分	19分

級數	總分		分項成績					
			言語知識（文字・語彙・文法）		讀解		聽解	
	得分範圍	通過標準	得分範圍	通過門檻	得分範圍	通過門檻	得分範圍	通過門檻
N4	0～180分	90分	0～120分	38分	0～60分	19分	0～60分	19分
N5	0～180分	80分	0～120分	38分	0～60分	19分	0～60分	19分

※上列通過標準自2010年第1回(7月)【N4、N5為2010年第2回(12月)】起適用。

　　缺考其中任一測驗科目者，即判定為不合格。寄發「合否結果通知書」時，含已應考之測驗科目在內，成績均不計分亦不告知。

4－4 測驗結果通知

　　依級數判定是否合格後，寄發「合否結果通知書」予應試者；合格者同時寄發「日本語能力認定書」。

■ N1, N2, N3

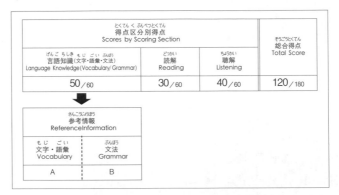

■ N4, N5

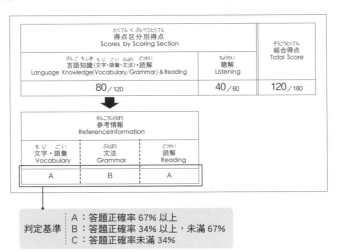

判定基準　A：答題正確率 67% 以上
　　　　　B：答題正確率 34% 以上，未滿 67%
　　　　　C：答題正確率未滿 34%

※各節測驗如有一節缺考就不予計分，即判定為不合格。雖會寄發「合否結果通知書」但所有分項成績，含已出席科目在內，均不予計分。各欄成績以「＊」表示，如「＊＊／60」。
※所有科目皆缺席者，不寄發「合否結果通知書」。

二、新日本語能力試驗的考試內容

N2 題型分析

測驗科目（測驗時間）			試題內容		
			題型	小題題數＊	分析
語言知識、讀解（105分）	文字、語彙	1	漢字讀音 ◇	5	測驗漢字語彙的讀音。
		2	假名漢字寫法 ◇	5	測驗平假名語彙的漢字寫法。
		3	複合語彙 ◇	5	測驗關於衍生語彙及複合語彙的知識。
		4	選擇文脈語彙 ○	7	測驗根據文脈選擇適切語彙。
		5	替換類義詞 ○	5	測驗根據試題的語彙或說法，選擇類義詞或類義說法。
		6	語彙用法 ○	5	測驗試題的語彙在文句裡的用法。
	文法	7	文句的文法1（文法形式判斷） ○	12	測驗辨別哪種文法形式符合文句內容。
		8	文句的文法2（文句組構） ◆	5	測驗是否能夠組織文法正確且文義通順的句子。
		9	文章段落的文法 ◆	5	測驗辨別該文句有無符合文脈。
	讀解＊	10	理解內容（短文） ○	5	於讀完包含生活與工作之各種題材的說明文或指示文等，約200字左右的文章段落之後，測驗是否能夠理解其內容。
		11	理解內容（中文） ○	9	於讀完包含內容較為平易的評論、解說、散文等，約500字左右的文章段落之後，測驗是否能夠理解其因果關係或理由、概要或作者的想法等等。
		12	綜合理解 ◆	2	於讀完幾段文章（合計600字左右）之後，測驗是否能夠將之綜合比較並且理解其內容。

讀解 *	13	理解想法（長文）	◇	3	於讀完論理展開較為明快的評論等，約900字左右的文章段落之後，測驗是否能夠掌握全文欲表達的想法或意見。
	14	薈整資訊	◆	2	測驗是否能夠從廣告、傳單、提供訊息的各類雜誌、商業文書等資訊題材（700字左右）中，找出所需的訊息。
聽解（50分）	1	課題理解	◇	5	於聽取完整的會話段落之後，測驗是否能夠理解其內容（於聽完解決問題所需的具體訊息之後，測驗是否能夠理解應當採取的下一個適切步驟）。
	2	要點理解	◇	6	於聽取完整的會話段落之後，測驗是否能夠理解其內容（依據剛才已聽過的提示，測驗是否能夠抓住應當聽取的重點）。
	3	概要理解	◇	5	於聽取完整的會話段落之後，測驗是否能夠理解其內容（測驗是否能夠從整段會話中理解說話者的用意與想法）。
	4	即時應答	◆	12	於聽完簡短的詢問之後，測驗是否能夠選擇適切的應答。
	5	綜合理解	◇	4	於聽完較長的會話段落之後，測驗是否能夠將之綜合比較並且理解其內容。

＊「小題題數」為每次測驗的約略題數，與實際測驗時的題數可能未盡相同。此外，亦有可能會變更小題題數。

＊有時在「讀解」科目中，同一段文章可能會有數道小題。

＊符號標示：「◆」舊制測驗沒有出現過的嶄新題型；「◇」沿襲舊制測驗的題型，但是更動部分形式；「○」與舊制測驗一樣的題型。

資料來源：《日本語能力試驗JLPT官方網站：分項成績・合格判定・合否結果通知》。2016年1月11日，取自：http://www.jlpt.jp/tw/guideline/results.html

N2
grammar

JLPT

～あげく（に／の）

…到最後、…，結果…

接續方法｛動詞性名詞の；動詞た形｝＋あげく（に／の）

1 **【結果】** 是用來描述事情的最終結果，通常是經過一段時間的努力或波折後得到的結果，或者是使壞情況變得更糟的情況。這種用法常常隱含著因前面的事件或行為，而導致後續的結果帶來心理壓力或困擾，所以多用在表示不理想或消極的狀態，如例(1)～(4)。

2 〔**慣用表現**〕 慣用表現「あげくの果て」為「あげく」的強調説法，如例(5)。

3 〔**さんざん～あげく**〕 常與「さんざん、いろいろ」等詞彙一同使用，進一步強調經歷的困難和不易。

例文

1
選手たちは遠征試合の連戦のあげく、疲労困憊となった。

經過連場的遠征比賽，選手們最終疲態盡現。

2
多くの選手が負傷したあげく、チームは苦戦を強いられた。

許多選手受傷之後，使得整支隊伍陷入了苦戰。

3
長期間の厳しいトレーニングを積んだあげく、選手は大会前にけがをしてしまった。

經過長期嚴格的訓練之後，選手在比賽前不幸受傷。

4
環境悪化のあげくに、選手たちは成績が低迷し、士気も低下した。

因為環境惡化，結果選手們的成績持續下滑，士氣也大受打擊。

5
環境の悪化のあげくの果てに、運動選手たちの成績が下降し、チームの士気も影響を受けました。

由於環境惡化到了極點，運動選手的成績下降，並影響到了整個團隊的士氣。

〜あまり（に）

1. 由於過度…、因過於…、過度…；2. 由於太…才…

接續方法｛名詞の；動詞辭書形｝＋あまり（に）

1 **【極端的程度】** 描繪因某種感情或感覺過於強烈，導致了後續的結果。前句通常表示原因，後句則常是非尋常或不良的結果。此用法常接在表達情感或狀態的詞語之後，而後句則不能用願望、意志或推測的表達方式，如例(1)～(4)。

2 **【原因】** 表示某種程度過甚的原因，導致後項不同尋常的結果。常與具有程度意義的名詞搭配使用。經常使用「あまりの＋形容詞詞幹＋さ＋に」的形式，如例(5)。

例文

1
試合の興奮のあまり、声を出すことを忘れた。

比賽的興奮使得他們忘了呼喊。

2
スポーツ選手は勝利を追求するあまり、健康を犠牲にしている。

運動員過度追求勝利，甚至不惜犧牲自身健康。

3
チームが予算を削減するあまり、選手のトレーニング設備が劣化している。

由於過度削減預算，隊伍的訓練設施已經在劣化。

4
選手がスポンサー契約の獲得を重視するあまり、競技の本質を忘れている。

選手們過於重視獲得贊助商合約，反而忘記了競技的本質。

5
あまりの暑さに、選手たちは練習中に脱水症状を起こした。

由於過度的高溫，選手們在訓練中出現了脫水症狀。

～いじょう（は）

既然…、既然…，就…、正因為…

接續方法 {動詞普通形}＋以上(は)

1 【原因】 描繪了因為前句某種決心或責任，後句依據前述情況做出相應的決定、承擔或勸說。此用法有接續助詞的功能。

2 〖後接勸導等〗 後續的句子常是針對聽話人的建議、勸導、決心，如「なければならない、べきだ、てはいけない、つもりだ」等句型，或者是說話人的判斷、意圖，如「はずだ、にちがいない」等句型。

例文

1
約束された以上、アスリートたちは公正かつ誠実に競技に参加すべきだと考える。

既然已作出承諾，我認為運動員應該公正且誠實地參與比賽。

2
この試合に出場する以上は、選手たちはフェアプレーを守るべきだ。

既然參加了這場比賽，選手們應該遵守公平競賽的原則。

3
一度チームに所属した以上は、そのチームのために最善を尽くすべきだ。

既然已經加入了團隊，就應該為該團隊盡力做到最好。

4
競技会がこれほど盛んになった以上、アスリートたちはより一層努力し、より高い目標に向かって挑戦するべきだ。

既然競技會已經如此盛行，運動員應該更加努力，挑戰更高的目標。

5
経営陣が決めた以上は、従業員たちはその決定を実行するしかない。

既然經營層已經做出決定，員工們只能執行這個決定。

〜いっぽう（で）

1. 在…的同時，還…、一方面…、一方面…、另一方面…；
2. 一方面…而另一方面卻…

接續方法 {動詞辭書形}＋一方（で）

1 【同時】當一個事件在進行的同時，表達另一個事件也在同步發生。後續的句子常常敘述另一種可與前句相輔相成的事件，如例(1)〜(4)。

2 【對比】表示同一主體存在兩個相對的方面或狀態，如例(5)。

例文

1

優秀なスポーツ選手は才能がある一方で、努力も欠かさない。

優秀的運動選手在擁有才能的同時，還需不遺餘力地努力。

2

最近、テレワークが広がっている一方で、オフィスでの仕事もまだまだ多い。

近期，雖然遠距工作越來越普及，但在辦公室的工作仍然眾多。

3

インターネットは情報を簡単に取得できる一方で、デマやフェイクニュースも多い。

網際網路雖然能讓我們輕易獲得資訊，但也充斥著許多假新聞與謠言。

4

最新のスマートフォンは様々な機能が備わっている一方で、高価なため、手が届かない人もいる。

最新的智能手機雖然具備各種功能，但因其高價，仍有部分人無法負擔。

5

今の選手たちは、自己の能力に自信を持っている一方で、経験豊富な先輩選手からのアドバイスも求めている。

現在的選手們，一方面對自己的能力充滿自信，一方面也尋求經驗豐富的前輩選手的建議。

〜うえ（に）

…而且…、不僅…，而且、、在…之上，又…

類義表現

〜さらに
還有…

接續方法 {名詞の；形容動詞詞幹な；[形容詞・動詞] 普通形}＋上（に）

1 **【附加】** 這表達方式用於添加或補充同類型的內容。在已有的某種情況下，還會出現比前一種情況更為嚴重的情況。無論是正面還是負面情況都可以使用。它帶有「十分、無可挑剔」的語感。

2 〖✕ **後項使役性**〗 此表達方式不能用於表示拜託、勸誘、命令、禁止等使役性的形式。同時，前後項必須具有相同的性質，即如果前項是正面因素，那麼後項也必須是正面因素；如果是負面因素，後項也要負面因素。

例文

1
経済成長の上に、環境問題も重視する政策が必要だ。

我們需要的政策不僅要重視經濟成長，也要著眼於環境問題。

2
彼はスピードが速い上、技術も優れているため、チームのエースだ。

他不僅速度快，技術也出色，是球隊的主力。

3
このハイテク製品は、便利な上に、価格も手頃だ。

這款高科技產品不僅便利，價格也相當實惠。

4
昨晩は渋滞に巻き込まれた上、突然の雨に見舞われ、非常に困りました。

昨晚不僅陷入交通堵塞，還遭遇突然的暴雨，使得情況極為困難。

5
彼の話は主旨が明確でない上、かつ冗長であるので、聞いている人たちが疲れてしまうことがある。

他的話不但主旨不清楚，還冗長，這使得聽眾有時會感到疲憊。

～うえで（の）

1.在…之後、…以後…、之後（再）…；2.在…過程中…、在…時

1 【前提】{名詞の；動詞た形}＋上で（の）。呈現兩動作時間上的順序關係。先做前一個動作，再根據先前的結果，進行下一步的動作，如例(1)、(2)。

2 【目的】{名詞の；動詞辭書形}＋上で（の）。說明為達某一目的而做某事，並在此過程中可能出現的問題或需要注意的事項，如例(3)～(5)。

例文

1
安全性を確認した上で、製品を発売することを決定した。
我們在確保了產品的安全性之後，才決定將其推出市場。

2
各国の情勢を調査した上で、外交戦略を見直す必要がある。
在調查各國情勢後，我們需要重新審視外交策略。

3
池田氏から、経済状況の上での投資戦略についての助言を受けた。
我收到了池田先生關於經濟狀況下投資策略的建議。

4
国際ビジネスを行う上で、時には競争相手と協力することも必要だ。
在進行國際商業時，有時需要與競爭對手合作。

5
平等は、国際関係を維持する上で重要だ。
平等在維持國際關係時是十分重要的。

〜うえは

既然…、既然…就…

接續方法 {動詞普通形}＋上は

【決心】 此表達形式是在表示某種決心或責任的行為後，繼續表述必須採取與前述相對應的動作。後面的句子通常是說話人的判斷、決定或勸告。該表達方式也具有接續助詞的功能。

例文

1

投資をする上は、リスクを十分に考慮すべきだ。

既然要進行投資，就應該充分考慮風險。

2

リモートワークをする上は、適切な環境とルールを整える必要がある。

既然要進行遠距工作，就需要整備適當的環境和規則。

3

新しい法律が制定された上は、市民に十分に周知徹底される必要がある。

既然要制定新法律，就需要將其充分告知市民並確保他們理解。

4

実家を離れる上は、十分な覚悟をする必要がある。

離開家庭時，需要有足夠的心理準備。

5

企業の不正会計が露見した上は、CEO も責任を問われるだろう。

企業的不正當會計行為一旦曝光，首席執行官也將必須承擔責任。

～うではないか、ようではないか

讓…吧、我們（一起）…吧

接續方法｛動詞意向形｝＋うではないか、ようではないか

1 【提議】表達在眾人面前強烈陳述自己的見解或主張，或是鼓勵對方與自己共同行動，或是以禮貌的方式發出命令。常見於演説，為正式的説法，男性使用較多，通常用於邀請一個人或少數人，如例(1)～(4)。

2 〖口語－うじゃないか等〗口語常説成「うじゃないか、ようじゃないか」，如例(5)。

例文

1
次のオリンピックに向けて、スポーツをもっと普及させようではありませんか。

面向下一屆奧運，我們何不努力普及體育運動呢？

2
地球環境を守るため、少しでもエコな生活を心がけようではありませんか。

為了保護地球環境，我們何不盡可能地實踐生態友好的生活方式呢？

3
今こそ、世界平和を実現するため、一人一人ができることを考えようではありませんか。

現在正是時候，每個人都來思考一下自己可以做些什麼來實現世界和平，我們何不這麼做呢？

4
自分の健康管理はもちろん、周りの人たちの健康も気にかけ、共に健康でいるための行動を起こそうではありませんか。

我們何不在關注自身的健康管理的同時，也關心周遭的人，並採取行動共同保持健康呢？

5
社会問題に対して、ただ見ているだけではなく、積極的に関わり、改善に向けて取り組もうじゃないか。

面對社會問題，我們何不選擇不僅僅是旁觀，而是積極參與，並致力於尋求改進呢？

〜うる、える、えない

類義表現

〜そうにない
不可能…

1. 可能、能、會；2. 難以…

接續方法 {動詞ます形}＋得る、得ない

1 【可能性】 表示某動作可行或某情況有可能發生。有接尾詞的作用，來修飾無意識的自動詞，如「ある、できる、わかる」，表示「有…的可能」，如例(1)～(3)。ます形是「えます」，た形是「えた」。

2 【不可能】 否定形「えない」表示某動作不能進行，或無發生某種情況的可能性，沒有「うない」的表現方式，如例(4)、(5)。

3 〔× 能力有無〕 主要表現可能性，不用於表示能力的有無。

例文

1
この新しい政策は、今後の経済成長を促進するために考え得る最善の方法です。

這項新政策，是我們能構想出最佳的策略，以推進未來經濟的蓬勃發展。

2
このプロジェクトに関しては、事前に計画を立てれば、このようなミスはまったく予測し得ます。

有關這個專案，只要我們提前做好計劃，這類的錯誤完全可以提前預防。

3
今日の社会では、どんな人間関係の変化でもあり得るのが、コミュニケーション技術の力だ。

在現今社會，任何人際關係的變化都在所難免，這正是通訊技術力量的體現。

4
このような大事故が発生したのは、安全対策を怠った結果であり、許されることはあり得ない。

這起嚴重事故的發生，源於對安全措施的忽視，這是絕對不能容忍的。

5
競技中に選手が相手に暴力を振るうという行為は、スポーツマンシップに反することで、許されることはあり得ない。

在競賽中，選手對對手施以暴力，這不僅違背了運動精神，更是無法被寬容的行為。

～おり（に／には）、おりから

…的時候，在…之際

1 **【時點】**{名詞；動詞辭書形；動詞た形}＋おり（に／には）、おりから。「折」意味著在時間流逝中的某一時刻，傳達機會或時機的含義，語氣正式、禮貌，比「とき」更為謹慎鄭重。句尾通常不用表示強烈的命令、禁止或義務等內容，如例(1)～(4)。

2 〖書信固定用語〗{名詞の；[形容詞・動詞]辭書形}＋折から。「折から」主要用於書信中，象徵季節或時節，先述及天氣不佳之際，接著表達對對方的關懷，語氣正式、禮貌。由於屬於正式書面語，有時會採用古語形式，如例(5)的「厳しい」可改為古語「厳しき」。

例文〉

1
新しいビルの建設計画については、地元住民との協議の折に、十分な説明が必要だ。

針對新大樓的建設計劃，我們在與當地居民協商時，需給予充足的說明並明確解釋。

2
研究成果を発表する折には、その研究の背景や方法についても明確に説明する必要がある。

在發表研究成果時，有必要詳述研究的背景與方法。

3
地震によって、多くの人々が被災した折には、迅速かつ適切な救援が必要だ。

地震中，許多人深受災難之苦，此時迅速且恰當的救援便顯得尤為重要。

4
最近の株価上昇は、景気回復の兆しと言える折からの動きだと専門家は分析している。

根據專家分析，最近股價的上揚可視為經濟復甦跡象出現時的市場反應。

5
暑さ厳しい折から、熱中症にかかるリスクが高まります。適切な対策を心がけましょう。

在炎炎烈日下，中暑的風險隨之增高。我們需謹慎應對，並採取必要的預防措施。

〜か〜まいか

要不要…、還是…

> **接續方法** {動詞意向形}＋か＋{動詞辭書形；動詞ます形}＋まいか
> 【意志】描述説話人在糾結是否應該進行某項行為。後面常常接「悩む、迷う」等
> 表示困惑或猶豫的動詞。

例文

1

この時間帯には、事故を未然に防ぐためにも、運転者はサングラスを掛けようか掛けまいかと悩むところだ。

在這個時刻，為了預防意外，駕駛員往往會權衡是否應佩戴墨鏡。

2

経済界では今後の景気の動向が不透明な中、リスクを回避するためにも、保守的な投資戦略を取ろうか、取るまいかという議論が続いている。

在經濟界，由於未來經濟走向充滿變數，一直有著關於是否應該實施保守的投資策略以規避風險的討論。

3

新しい立法提案が議会に提出された。これを支持しようか、支持しまいか、議員たちは真剣に考えている。

新的法案已呈交至議會，議員們正在慎重考慮是否應該支持這項法案。

4

選挙結果が公表される前に、次の政策を発表しようか、発表しまいか、政府は慎重に判断している。

選舉結果尚未公布之前，政府正在謹慎地評估是否適時發布下一項政策。

5

選挙に行こうか行くまいか迷ったけれど、行って良かったです。

我曾猶豫是否去投票，然而行動後卻感到非常滿意。

～がい

有意義的…、值得的…、…有回報的

類義表現

～かいがある
…總算值得

接續方法 {動詞ます形}＋がい

【值得】 表示進行某項行動是值得的、有意義的。也就是說，付出辛勞和努力能得到相應的回報，達到期望的結果。通常與意志動詞搭配。當意志動詞與「がい」一起使用時，它們構成一個名詞。後面常常接「(の／が／も)ある」，表示進行這個動作是有價值、有意義的。

例文

1

ユーザーが我々のサービスを喜んで使ってくれるので、開発しがいがある。

用戶對我們的服務的喜愛與支持，讓我們感到開發工作充滿了價值。

2

難しいが、それだけに新しい技術には挑みがいがある。

儘管困難重重，但這也使挑戰新科技變得更富有意義。

3

新しいアルゴリズムを作るのは難しいが、その成果を見ると作りがいがある。

創造新的演算法雖然難度高昂，但當看到成果的那一刻，我們深感所有付出都值得。

4

ハイテク製品を提供することは、我々にとって貢献しがいがある仕事だ。

為社會提供高科技產品，對我們來說，是一項充滿意義的貢獻。

5

この開発は私の生きがいです。

對我而言，進行這項開發如同生活的動力，驅使我不斷向前。

〜かいがある、かいがあって

1. 總算值得、有了代價、不枉…；2. 沒有代價

接續方法 {名詞の；動詞辭書形；動詞た形}＋かいがある、かいがあって

1 【值得】表達經過一番努力後得到了正面回報或達成期待的結果，有「好不容易」的語感，如例(1)～(4)。
2 【不值得】在否定形中，表示付出努力卻未獲得期待的結果，傳達「沒有…的效果」的意思，如例(5)。

例文

1
研究の成果が、実際に役立ったという実感があるときには、苦労した甲斐があったと思える。

當我覺得研究成果在實際應用上有所貢獻時，所有的辛勞與努力都顯得非常值得。

2
仕事に取り組むために多大な努力をし、結果として成功したという実感が得られた時、努力した甲斐があったと感じる。

投入大量努力並專注於工作，當我感受到成功的果實時，我會深感所有付出都得到了回報。

3
民間のボランティア団体の活動に多くの市民が参加したかいがあって、地域の環境が改善された。

得益於市民積極參與民間志願團體的活動，地區的環境得以顯著改善。

4
改装工事を行い、快適な空間を提供したかいがあって、多くのお客様にご利用いただいております。

我們進行了翻新工程並創造出舒適的空間，因此贏得了大量顧客的支持與使用。

5
支持の甲斐もなく、政治団体は一つの勝利も収められなかった。

儘管有來自各方的支持，政治團體卻仍未能取得任何一場勝利。

〜一方だ ／一直…；不斷地…

都市の環境は悪くなる一方だ。

都市的環境越來越差。

〜うちに ／趁…、在…之內…

赤ちゃんが寝ているうちに、洗濯しましょう。

趁嬰兒睡覺的時候洗衣服。

〜おかげで、おかげだ ／由於…的緣故

薬のおかげで、傷はすぐ治りました。

多虧藥效，傷口馬上好了。

〜おそれがある ／有…危險、恐怕會…、搞不好會…

台風のため、午後から津波のおそれがあります。

因為颱風，下午恐怕會有海嘯。

〜かけた、かけの、かける ／剛…、開始…

今ちょうどデータの処理をやりかけたところです。

現在正在處理資料。

〜がちだ、がちの ／容易…、往往會…、…比較多

おまえは、いつも病気がちだなあ。

你還真容易生病呀。

～かぎり

1. 盡…、竭盡…；3. 以…為限、到…為止

接續方法 {名詞の;動詞辭書形}＋限り

1 【極限】 表示可能性的極限，也就是全力以赴，發揮出所有能力，如例如(1)、(2)。而「見渡す限り」則表示視野所及，涵蓋所有可以看到的範圍，如例(3)。

2 〔慣用表現〕 在慣用表達「の限りを尽くす」中，含有「盡其所能、使出全力」等意，如例(4)。

3 【期限】 表示時間或次數的上限，如例(5)。

例文

1
地域の改善に向けて、何か貢献できることがあれば、お知らせください。私たちはできるかぎりのことをします。
如有任何能夠改善本地區環境的建議或方法，敬請與我們分享。我們將全力以赴去實現。

2
技術力の限り、AI の研究を推進していきたい。
我們將全力投入人工智慧的研究，以期獲得突破。

3
この都市は昔、見渡すかぎりの緑だったが、今はビルが立ち並んでいる。
這座城市曾綠意盎然、遼闊無邊，如今卻變成了摩天大樓林立的鋼鐵之城。

4
さあ、明日はようやく地域改革の投票だ。私たちの力の限りを尽くして、最善の選択をしよう。
好的，明天就是區域改革的投票日了，讓我們盡力作出最佳的選擇。

5
この政府の政策は、今年かぎりで改革が予定されている。
這個政府的政策預期將在今年結束後展開改革。

〜かぎり（は／では）

類義表現

〜からには
既然…就

1. 只要…就…；2. 據…而言；3. 既然…就…

接續方法〔動詞辭書形；動詞て形＋いる；動詞た形〕＋限り（は／では）

1 **【限定】** 表示在某種狀態持續的時間內，會出現後項的情況。該表達方式含有「如果前項不這樣的話，那麼後項可能會出現相反的情況」的語感，如例(1)、(2)。

2 **【範圍】** 根據自身的知識、經驗等有限範疇來做出判斷或提出觀點，常接在表示認知行為的動詞如「知る(知道)、見る(看見)、聞く(聽說)」等後面，如例(3)。

3 **【決心】** 在前項的前提下，說話人表述自己的決心或督促、鼓勵對方做某事，如例(4)、(5)。

例文〉

1 彼が会社にいるかぎりは、部署全体が順調に運営されるだろう。
只要他在公司，我們可以放心部門的運營將會順暢。

2 給料が支払われているかぎり、彼はこの仕事を続けるつもりだ。
只要薪水能夠穩定支付，他便有意保持這份工作。

3 私の知る限りでは、この美術館は素晴らしい芸術品を所有しています。
據我所知，這座美術館珍藏了許多珍貴的藝術作品。

4 古代文化を保存すると言った限りは、必ずそれを実行します。
一旦我們承諾保護古代文化，我們就會立即行動。

5 この問題を解決すると約束したかぎり、交渉を続ける予定だ。
只要承諾解決這個問題，我們就會繼續進行談判。

〜がたい

難以…、很難…、不能…

類義表現
〜にくい
難以…

接續方法 {動詞ます形}＋がたい

【困難】表示進行某項動作的難度極高，幾乎是不可能的，或者即使想這麼做也難以實現。它通常用於描述基於情感因素的不可能，而非能力上的不可能。這種表達形式通常用於抽象的事物，並且多用於書面語。

例文〉

1
信じがたい事実に、世間から注目が集まっている。

這一讓人驚訝的事實吸引了全球的關注。

2
彼女が突然去ったことは受け入れがたい現実だ。

她的突然離開，是我無法接受的現實。

3
選手たちは厳しい練習が耐えがたいほど苦しいと感じている。

面對嚴格的訓練，選手們感到無比艱辛，苦不堪言。

4
豪雨で道路が冠水し、車が進めない状況が続いています。復旧作業も困難を極め、被害の大きさは想像しがたい状況です。

暴雨引發的道路淹水使車輛無法行進，復原工作困難重重，災害的規模遠超我們的想象。

5
現代社会において、ストレスは避けがたいものとなっている。

在現代社會，壓力已經變成了一種我們無法避免的現象。

〜かとおもうと、かとおもったら

剛一…就…、剛…馬上就…

接続方法 {動詞た形}＋かと思うと、かと思ったら

1 【同時】 表示兩個對比的事件，在很短的時間內幾乎同時相繼發生，突顯出瞬間的變化或新的事情的出現。大部分情況下，接在其後的都是表示説話人的驚訝或意外的表達。

2 〖✕ 後項意志句等〗 由於這種表達描述的是現實中的事情，所以後項通常不會接意志句、命令句或否定句等。

例文

1
今朝、地震があったかと思うと、津波警報が出ました。

今日清晨地震剛落幕，海嘯警報便接踵而來。

2
政府が新しい規制を発表したかと思うと、関連業界から反発の声が上がった。

政府新規定一出，相關産業馬上強烈反彈。

3
この地域では、夏場は毎年豪雨のたびに、土砂災害が発生することが多い。今回も、豪雨があったかと思うと、続けざまに土石流が発生した。

在此地，每逢夏日瓢潑大雨，常有土石流災害伴隨而來。此次同樣如此，豪雨過後，連續發生了數次土石流。

4
今朝は快晴だと思ったら、もう暗雲が立ち込めている。

早上陽光還灑滿大地，不知何時，天空已被陰雲覆蓋。

5
暑さが和らいだと思ったら、また猛暑日が続いています。

剛以為熱浪稍退，卻又遭遇連續幾日的炎熱煎熬。

Practice・1

> 問題一　次の文の（　　）に入る最も適当な言葉を1・2・3・4から選びなさい。

1 この地域は戦争が始まったときから不安定になり（　　）、非常に憂慮しています。

　1．っぽくて　　　2．がちで　　　　3．っけで　　　　4．しかなくて

2 環境保護のため、各国は（　　）二酸化炭素排出を減らすべきだ。

　1．できたかぎり　　　　　　　　2．できるかぎり

　3．できぬかぎる　　　　　　　　4．できないかぎり

3 今後数日中に、大規模な地震が起こる（　　）。

　1．ことがある　　　　　　　　　2．おそれがある

　3．ほかならない　　　　　　　　4．というものだ

4 彼女は美しい（　　）知識が豊富だ。

　1．うえに　　　2．うちに　　　3．ところに　　　4．とおりに

5 1年で国際関係が全面的に改善する？そんな都合のいい話は（　　）。

　1．ありうる　　　　　　　　　　2．ありえない

　3．あるかもしれない　　　　　　4．どころではない

6 国際金融市場は不安定だ。増資要求は受け入れ（　　）。

　1．やすい　　　2．ていい　　　3．がたい　　　4．くるしい

7 飲食店には作り（　　）の料理がそのまま置いてあった。
1. かけ　　　　2. うち　　　　3. うえ　　　　4. こと

8 大使（　　）、市民を見捨てるわけにはいきません。
1. ですかぎり　　　　　　　2. だったかぎり
3. であるかぎり　　　　　　4. でないかぎり

9 このハイテク企業は、一連のテストと検証を行った（　　）、新型スマートフォンの発売を決定した。
1. のに　　　　2. 以来　　　　3. うちで　　　　4. 上で

10 各国が地球温暖化に対応するために、再生可能エネルギーの開発を進めている（　　）、技術が大幅に向上した。
1. ところに　　　2. うちに　　　3. 場面に　　　4. のに

11 地球暖化は進行する（　　）。
1. とたんだ　　　2. 一方だ　　　3. ところだ　　　4. 最中だ

12 その代表は、会議で長々と主張を述べた（　　）、何も合意せずに退席した。
1. ので　　　　2. あげく　　　3. うえは　　　4. おいては

13 国際社会は地球の気候変動問題が更に悪い状況に（　　）、具体的な対策を実施すべきだ。
1. なるうちに　　　　　　　2. ところに
3. ならないうちに　　　　　4. 最中に

14 我國の外交政策の（　　）国際的な評価が向上しました。
1. せいで　　　2. もので　　　3. おかげで　　　4. ことで

15 次の国際会議に向けて、環境保護の意識をもっと普及させよう
（　　　）。

1. かな　　　　　　　　　　　2. うる

3. ではないか　　　　　　　　4. かもしれない

| 問題二 | 文を完成させなさい。 |

1　（　　　　　　　　）ないかぎり（　　　　　　　　）。

2　（　　　　　　　）おかげで（　　　　　　　　　　）。

3　地球環境の改善に向けて、具体的な提案があれば、是非お知ら
せください。（　　　　　　　）かぎりの（　　　　　　　　）。

4　（　　　　　　　　　　）かぎりは（　　　　　　　　　　）。

5　（　　　　　　　）は（　　　　　　　　　　）一方だ。

6　（　　　　　　）あげくに（　　　　　　　　　）。

7　（　　　　　　　　　　）上は（　　　　　　　　　　）。

8　討論を続けているうちに、（　　　　　　　　　　）。

9　あの政治家は（　　　　　　）うえに（　　　　　　　　　　）。

10　（　　　　　　　　　　　　　）おそれがある。

～か～ないかのうちに

剛剛…就…、一…（馬上）就…

接續方法 {動詞辭書形}＋か＋{動詞否定形}＋ないかのうちに
【時間的前後】描繪了前一個動作剛剛開始，而在它即將結束的同時，第二個動作又隨即展開。這種表述主要用於描述現實生活中已經發生的事件。

例文

1
試合が始まるか始まらないかのうちに、選手は怪我をしてしまった。
比賽尚未開鑼，選手卻已經受傷。

2
選手がフィールドに出るか出ないかのうちに、ファンは既に声援を送っていた。
球員尚未登場，球迷的歡呼聲已經破空而出。

3
選手がトレーニングを始めるか始めないかのうちに、コーチは新しい戦略を立てていた。
球員還未開始訓練，教練已經擘劃出新的戰略。

4
試合が終わるか終わらないかのうちに、チームは次の試合の準備を始めていた。
比賽未至尾聲，隊伍已開始為下一戰做準備。

5
選手がスタジアムに到着するか到着しないかのうちに、記者達は取材を始めていた。
運動員未踏入體育館，記者們已開始報導了。

～かねる

難以…、不能…、不便…

接續方法 {動詞ます形}＋かねる

1 【困難】這種表達描繪了由於心理抵觸、道義責任等主觀或客觀原因，説話人難以完成某件事情。它描繪的條件、要求或狀況超出了説話人的承受範圍。這並不用於描述因能力不足而無法完成的情況，如例(1)～(4)。

2 〔衍生－お待ちかね〕「お待ちかね」為「待ちかねる」的衍生用法，表示久候多時。但請注意，並沒有「お待ちかねる」這種表達，如例(5)。

例文

1
政府の対応が迅速でないことを考えると、この問題についてはまだ意見を述べかねます。

考量到政府對此問題的回應未臻迅速，我尚無法對此發表意見。

2
この問題については、専門家でなければ意見を言いかねます。

對於這項議題，若非專業人士，或許難以提供深入的見解。

3
読者の皆様におかれましては、この問題についてどのようにお考えでしょうか。私には判断しかねます。

尊敬的讀者，您對於這個問題有何看法呢？我個人則難以下定論。

4
国民は、増税の重圧に耐えかねて、抗議の声を上げた。

公眾無法承受增加的税賦壓力，因此發起了抗議。

5
お待ちかねの選挙結果がついに発表されました。

眾人期盼已久的選舉結果終於揭曉了。

〜かねない

很可能…、也許會…、說不定將會…

類義表現
〜うる
可能…

接續方法 {動詞ます形}＋かねない

1 【可能】「かねない」是接尾詞「かねる」的否定形式。它表示存在這種可能性或風險。有時用在當人的道德意識薄弱，或自我克制能力差等情況下，可能會出現做出異常行為的可能性，通常用於負面評價。

2 〖擔心、不安〗該表達方式包含了說話人的擔心、不安和警戒的情緒。

例文

1
政府のコロナ対策が不十分だとすれば、感染拡大はますます加速しかねない。

若政府對新冠病毒的應對策略不足，則可能會使疫情的擴散進一步加速。

2
最近のテロ事件は、社会の不安を煽り、差別意識を増幅させかねない。

近期的恐怖主義活動可能煽動社會不安，加劇偏見與歧視。

3
経済の停滞が続けば、多くの人々が生活に苦しむことになりかねない。

如果經濟持續處於停滯狀態，恐將導致大眾生活艱難。

4
政府が消費税増税を実施すれば、消費者の支出が抑制され、景気の回復が遅れかねない。

假如政府決定提高消費稅，消費者的支出可能受到壓制，進而阻礙經濟的復甦。

5
クーデターが発生すれば、民主主義の根幹が揺らぎ、国内外からの批判を招きかねない。

一旦發生政變，將可能撼動民主主義的基礎，並可能引來國內外的質疑與批評。

～かのようだ

像…一様的、似乎…

類義表現
まるで～ようだ 像…一様的

接續方法 {[名詞・形容動詞詞幹](である);[形容詞・動詞]普通形}＋かのようだ

1 【比喻】由終助詞「か」後接「のようだ」而成。將事物的狀態、性質、形狀及動作狀態，比喻成比較誇張、具體或易於理解的其他事物。通常以「かのように＋動詞」的形式出現，如例(1)～(3)。

2 〖文學性描寫〗 常用於文學描寫中，通常與「まるで、いかにも、あたかも、さも」等比喻副詞搭配使用，如例(4)。

3 〖かのような＋名詞〗 後接名詞時，用「かのような＋名詞」，如例(5)。

例文〉

1 その新ドラマは、現実の生活であるかのようだ。

那部新劇彷彿在展現真實的生活。

2 新リリースの映画の CG 効果は、実際にそこに存在するかのようだ。

新上映的電影裡的電腦生成影像效果，宛如真實地存在於現實中一樣。

3 その音楽家の演奏は、生のコンサート会場にいるかのようだ。

那位音樂家的演奏，使人彷彿親臨實體音樂會現場。

4 彼女の演技は、まるで本当の人物が目の前にいるかのようだ。

她的演技生動逼真，讓人宛如親見其人。

5 彼の映画は、古典に逆戻りしたかのような風格を持っている。

他的電影帶有濃厚的古典風情。

～からこそ

正因為…、就是因為…

<table>
<tr><td>類義表現</td></tr>
<tr><td>～ゆえ（に）
因為…</td></tr>
</table>

接續方法 {名詞だ；形容動詞書形；[形容詞・動詞]普通形}＋からこそ

1 【原因】 表示說話人主觀地認為事物的原因所在，並強調該理由是唯一、最正確且沒有其他選擇的。如例(1)～(3)。

2 『後接のだ／んだ』 通常與「のだ／んだ」一起使用，如例(4)、(5)。

例文〉

1 彼はプロの選手だからこそ、毎日厳しいトレーニングを行っている。

正是他身為職業選手的身分，才會使他每日投入嚴格的訓練。

2 観光客が減ったからこそ、地元の方々にとっては観光業を再考する良い機会だ。

正是因為觀光客的減少，給了當地人重新思考旅遊業的良機。

3 緊急事態宣言が出されたからこそ、人々は自粛や感染予防対策に真剣に取り組んでいる。

正因為緊急狀態的宣布，才使人們更認真地遵守自我約束和防疫措施。

4 トレーニングが厳しいからこそ、選手達は強くなるんだ。

正是嚴格的訓練，讓選手們得以變得更強。

5 選手達は健康だからこそ、長時間の練習が可能なのだ。

選手們之所以能進行長時間的練習，正是來自他們健康的體魄。

〜からして

從…來看…

類義表現
〜からすると 從…的立場考慮的話

接續方法 {名詞}＋からして

【根據】 用來表示評價或判斷的依據。通常是針對一個極小的、基本的或最不可能的例子，然後基於此例進行整體評價。後面通常跟隨的是消極或不利的評價。

例文

1
新しいテクノロジー製品は、私たちのニーズに合わない。デザインスタイルからして、私たちの好みではありません。
新的科技產品並未滿足我們的需求，甚至連設計風格也未能贏得我們的喜愛。

2
このスマートホームシステムは操作が複雑で、設定の過程からして問題が見える。
這種智能家居系統的操作繁瑣，單從設置過程就能洞悉其問題所在。

3
今回の財政予算は、増税策からしてその短視眼さが見える。
對於這次的財政預算，從其增稅措施便可見其缺乏深遠的規劃與視野。

4
インターネットのセキュリティ問題について、彼の態度は許容範囲を超えている。保護措置への無視からして、それが見える。
他對於網路安全問題的態度讓人無法接受，從他對防護措施的漠視更是顯而易見。

5
今回の事件は、動機からして犯罪性が高いと見られている。
就這次事件的動機而言，其犯罪性被認為是相當高的。

〜からすれば、からすると

1. 從…立場來看；2. 根據…來考慮；3. 按…標準來看

接續方法 {名詞}＋からすれば、からすると

1 【立場】 表示評價或判斷的立場或觀點，如例(1)～(3)。
2 【根據】 表示評價或判斷的基礎或依據，如例(4)、(5)。
3 【基準】 表示比較的基準。例如，「江戸時代の絵からすると、この絵はかなり高価だ／按江戸時代畫的標準來看，這幅畫相當昂貴」。

例文

1

経済的に苦しい時代、多くの企業からすれば、人件費の削減が不可避だ。

在經濟困境之下，對許多公司來說，削減人力成本是不可避免的。

2

オリンピックでメダルを獲得するためには、選手からすれば、一日一日の努力が欠かせない。

為了在奧運會中奪得獎牌，對運動員而言，日復一日的努力訓練是絕對必要的。

3

多くの市民が自宅での過ごし方を模索している中、テレビ業界からすれば、番組の需要が大きく変化している。

在大量市民尋找居家生活新模式的同時，對於電視業界而言，節目需求正在經歷劇變。

4

政府の発表からすると、今後も新型コロナウイルスの感染拡大防止に全力を尽くすとのことだ。

從政府的聲明來看，他們將竭盡全力防止新冠病毒的進一步擴散。

5

選手の実力からすると、今回の大会での優勝候補に挙げられる選手が多数いるとみられる。

從運動員的實力來看，預期本次比賽將有不少選手成為冠軍的有力競爭者。

〜からといって

1.（不能）僅因…就…、即使…，也不能…；3.說是（因為）…

接續方法 {[名詞・形容動詞詞幹]だ；[形容詞・動詞]普通形}＋からといって

1 【原因】 表示不能僅僅因為前面提出的理由，就採取後面的行動。後面通常會接否定的說法，並常用在表達說話人的建議、評價或對某種實際情況的提醒和修正，如例(1)～(3)。

2 〔口語—からって〕 在口語中常用「からって」，如例(4)。

3 【引用理由】 用來引述他人所提出的理由，如例(5)。

例文

1
年金制度が問題だからといって、高齢者全員が生活に困っているわけではない。

儘管年金制度存在問題，但並非所有的老年人都陷入生活的困苦之中。

2
新聞が社会の論調を反映するからといって、必ずしも正しい意見が掲載されているわけではない。

即便報紙呈現了社會的各種觀點，也並不意味著所有的立場都是準確無誤的。

3
犯罪率が上昇しているからといって、その地域が全て危険とは限らない。

雖然犯罪率在攀升，但並非意味著該地區全然不堪、危險重重。

4
安全だからって、油断するべきではない。

即使有安全措施，並不代表我們就可以掉以輕心、鬆懈警惕。

5
公共交通が混雑しているからといって、彼は自転車通勤を始めました。

他提到公共交通常有擁擠的問題，因此開始嘗試用自行車通勤。

～からみると、からみれば、からみて（も）

1. 從…來看、從…來說；2. 根據…來看…的話

> **接續方法** {名詞}＋から見ると、から見れば、から見て（も）
>
> 1 【立場】 表示評價或判斷的立場或角度。即是說，「從某一立場來看」的意思，如例(1)、(2)。
> 2 【根據】 表示評價或判斷的依據或基礎，如例(3)～(5)。

例文

1

環境保護者からみれば、再生可能エネルギーは必須の選択だ。

對於環保人士來說，再生能源無疑是至關重要的選擇。

2

教育者から見れば、デジタル教育は今後の教育の主流となるべきだ。

以教育者的視角來看，數字化教育勢必將成為未來教學的主導方式。

3

過去のデータから見ると、地震が起こる確率が高まっていると言われている。

依據過往的數據顯示，地震發生的概率顯然在逐漸上升。

4

投票数から見れば、この選挙戦は接戦になることが予想される。

觀察投票數量，可以預見這場選舉將會爭議激烈。

5

売上ランキングから見ても、その商品は大変人気があるようだ。

從銷售排行榜的結果來看，那個產品似乎深受大眾喜愛。

★ 精選 N2 考題中，常考的 N3 文法，復習一下吧！

～から～にかけて ／從…到…

この辺りからあの辺りにかけて、畑が多いです。

這頭到那頭，有很多田地。

～からいうと、からいえば、からいって ／從…來說、從…來看、就…而言

専門家の立場からいうと、この家の構造はよくない。

從專家的角度來看，這個房子的結構不好。

～からには、からは ／既然…、既然…，就…

教師になったからには、生徒一人一人をしっかり指導したい。

既然當了老師，當然就想要把學生一個個都確實教好。

～かわりに ／雖然…但是…

正月は海外旅行に行くかわりに、近くの温泉に行った。

過年不去國外旅行，改到附近洗溫泉。

～ぎみ ／有點…、稍微…、…趨勢

ちょっと風邪ぎみで、熱が出る。

有點感冒，發了燒。

～きる、きれる、きれない ／充分、完全、到極限

何時の間にか、お金を使いきってしまった。

不知不覺，錢就花光了。

～くせに ／雖然…，可是…、…，卻…

芸術もわからないくせに、偉そうなことを言うな。

明明不懂藝術，別在那裡説得像真的一樣。

～くらい、ぐらいだ ／幾乎…、簡直…、甚至…

田中さんは美人になって、本当にびっくりするくらいでした。

田中小姐變得那麼漂亮，簡直叫人大吃一驚。

〜きり〜ない

…之後，再也沒有…、…之後就…

接續方法 {動詞た形}＋きり〜ない

【無變化】 後面接否定形式，表明前項事情在完成後就了無音訊，沒有再進展，帶有一種意料之外的驚訝語感。

例文

1
政府が新たな規制案を提案したきり、それ以降具体的な進展が報道されていない。

自從政府提出新的規定方案以來，後續具體的進展仍未見於報導。

2
あの大企業は株価暴落で破綻したきり、その後の再建策が見えてこない。

那家曾因股價暴跌而破產的大公司，其後續的重建計劃至今仍未明朗。

3
首相が一度だけ記者会見を開いたきりで、その後の具体的な政策説明は行われていない。

首相僅舉辦了一次記者會，卻未就具體政策進行詳細説明。

4
昨年の大規模なデモが起こったきり、その問題に対する具体的な解決策が見つかっていない。

去年大規模的抗議活動後，針對該問題的具體解決方案依然未出爐。

5
彼は大学を卒業したきりで、その後まともな仕事についていない。

他在大學畢業之後，似乎並未涉足正規的職場。

～くせして

只不過是…、明明只是…、卻…

接續方法 {名詞の；形容動詞詞幹な；[形容詞・動詞] 普通形}＋くせして

【不符意料】 表示逆接。用來描繪出與前項預期相違背或與前項身分地位不符的後項情況。這種表達方式帶有一種輕蔑或嘲諷的語氣，並常用於玩笑的語境中。此句型與「くせに」有相似的意義。

例文

1
運動経験がないくせして、プロ選手のパフォーマンスを批判している。

明明身無運動經驗，卻對專業選手冷嘲熱諷。

2
まだ新人のくせして、先輩選手にアドバイスをするなんて。

明明只是新進之秀，卻對資深選手滔滔不絕，挑剔其表現。

3
基本のトレーニングも怠るくせして、試合で活躍したいと思っている。

明明對基本訓練偷懶怠惰，卻期待在比賽中一展身手。

4
長距離走は苦手なくせして、マラソンに参加する意向がある。

明明不擅長長距離跑步，卻想要在馬拉松賽場上一試身手。

5
自分は運動能力が低いくせして、コーチに不満を言う選手がいる。

明明運動能力差，但仍有選手對教練毫不留情的表達了不滿。

〜げ

…的感覺、好像…的樣子

類義表現

〜そう
好像…的樣子

接續方法 {[形容詞・形容動詞] 詞幹;動詞ます形}＋げ

【樣子】用於描繪某種樣子、傾向、心情或感覺。它具有強烈的書寫語氣。然而，需要注意的是，「かわいげ」(討人喜愛的)與「かわいそう」(令人憐憫的)的含義是截然不同的。

例文

1
政府の新政策発表後、市民たちは不安げな表情でテレビを見つめていた。

新政策一經政府宣布，市民們皺眉凝視著電視，面帶憂慮。

2
経済危機のさなか、企業経営者たちは苛立たしげな態度で会議を進めていた。

在經濟危機緊逼之下，企業高層帶著焦慮與急躁的情緒開會商討對策。

3
連日の猛暑により、市民たちは気力なさげな顔をして涼みに出かけている。

連續數日的炎熱酷暑，使市民們消磨了精神，四處尋找可以避暑的地點。

4
芸術家の新作発表に、評論家たちは興味深げに取り組んでいた。

藝術家新作品的發表，引起評論家們極度的關注與興趣。

5
最近の事件に対し、警察は険しげな態度で捜査を進めている様子だ。

對於近期發生的事件，警察以鐵的決心和嚴肅的態度展開深入調查。

Practice・2

問題一　次の文の（　　）に入る最も適当な言葉を１・２・３・４から選びなさい。

1　南アフリカの水不足問題解決策が具体化するか（　　）他国は解決策を構築し始めた。

1．具体化するかのところに　　　　2．具体化しないかの上に

3．具体化するかのまでに　　　　　4．具体化しないかのうちに

2　そのプレゼンテーションの様子（　　）革新的なものか疑問が残る。

1．よって　　　　2．からして　　　3．ところで　　　4．とおりに

3　特定の議員の行動（　　）、彼は団体協力の精神を全く欠いているようだ。

1．にしたら　　　2．からみると　　3．というより　　4．において

4　インターネット接続が不便な（　　）、コミュニティのつながりが強い。

1．とおりに　　　2．しだいに　　　3．むきに　　　4．かわりに

5　日本の冬季、12月（　　）2月（　　）は厳しい寒さが訪れます。

1．から、へ　　　　　　　　　　　2．と、まで

3．や、や　　　　　　　　　　　　4．から、にかけて

6　極東地域の複雑な政治的状況を考慮に入れ、政府は提案された二国間の通商協定を現時点で受け入れ（　　）。

1．かねます　　　2．かねません　　3．できます　　　4．できません

7 スポーツトレーニングに参加する多くの選手たちは、体力が尽きた（　　　）訓練を中断してはならないと指導者から言われています。

　1．からといって　　2．からみると　　3．として　　　　4．において

8 エリートスポーツマンとして知られる彼の技量（　　　）、この予選試験は余裕で突破できるでしょう。

　1．からには　　　　2．であるから　　3．からすると　　4．かかわらず

9 ある若者が中国で料理のプロを志すと公表した。その青年なら、確かに実行（　　　）だろう。

　1．しかねる　　　　2．しだいに　　　3．しかねない　　4．できません

| 問題二 | 文を完成させなさい。 |

1 （　　　　　　　　　　　　　　　　　　　） きった。

2 （　　　　　　　　　　　　　　　　　　　　　　　） のかわりに、（　　　　　　　　　　　　）。

3 （　　　　　　　　） からこそ、（　　　　　　　　　　　　　）。

4 （　　　　　　　　　　　　） くせに、（　　　　　　　　　　　　）。

5 （　　　　　　　　） からといって、（　　　　　　　　　　　）。

6 （　　　　　　　　　　　　　　　　） かねる。

7 （　　　　　　　　　　　　　　　　　　） かねない。

8 （　　　　　　　　　　　）か（　　　　　　）かのうちに、
　 （　　　　　　　　　　　　　　　　　　　）。

9 （　　　　　　　　　　　　　　　　　　　　　　　　）気味です。

10 （　　　　　　）からいうと、（　　　　　　　　　　）。

11 （　　　　　　）からすれば、（　　　　　　　　　　　　）。

～ことから

1.…是由於…；2.從…來看、因為…；3.根據…來看

接續方法 {名詞である；形容動詞詞幹な；[形容詞・動詞] 普通形}＋ことから

1 【由來】用於說明名稱的來源或由來，如例(1)。
2 【理由】表示由於先前的事件或情況，導致後續的事件發生，如例(2)、(3)。
3 【根據】表示根據前述的情況或條件，判斷出後續的結果或結論，如例(4)。它也可以表示因果關係，如例(5)。

例文

1
リモートワークは、場所にとらわれない働き方であることから、「遠隔労働」という名前がつけられました。
由於遠程工作的特性是不受地點束縛，因此被稱為「遠端工作」。

2
彼女のアラビア語能力が高いことから、国際政治の橋渡し役として期待されている。
她的阿拉伯語能力卓越，使得她有望在國際政治舞台上擔任橋樑的角色。

3
デジタル教育が普及したことから、子どもたちの情報リテラシーが向上した。
由於數位教育的普及，孩子們的資訊素養顯著提升。

4
AI 技術が急速に進化していることから、未来の労働市場に対する懸念が高まっている。
AI 技術的飛速發展，引發了對未來勞動市場變革的更大憂慮。

5
この地域には桜の木が多いことから、開発計画において緑化エリアとしての重要性が認識されている。
這個區域豐富的櫻花樹群，在開發計劃中被視為綠化區的重要環節。

～ことだから

因為是…，所以…

接續方法 {名詞の}＋ことだから

【根據】 表示自己做出判斷的依據。它主要接在表示人物的詞後面，根據說話雙方都熟知的人物的性格、行為習慣等，來做出後續的相應判斷。

例文

1
やまだせんしゅ
山田選手のことだから、熱くなったら、どんなプレー
み
を見せてくれるかわからない。

山田運動員一旦鬥志昂揚，我們將無法預知他會為我們呈現何種精彩的比賽。

2
ちこく　　かれ
いつも遅刻する彼のことだから、今日のミーティン
じかんどお　　おも
グにも時間通りに来るとは思えない。

他的遲到是常事，因此我預計他今天的會議也不太可能準時抵達。

3
あさねぼう　　せんしゅ　　　　　　　れんしゅう　おく
朝寝坊のあの選手のことだから、練習に遅れるかも
しれない。

那位選手因常常睡懶覺，有可能導致練習的遲到。

4
しんせつ　たかはし　　　　　　　こま　　　　　せんしゅ
親切な高橋コーチのことだから、困っている選手を
み　す
見捨てないだろう。

高橋教練的仁慈之心深深，他不會放棄任何一位遇到困境的運動員。

5
かれ　　ゆうのう　　　　　　　　　もんだい　かいけつ
彼は有能なリーダーのことだから、問題を解決する
だろう。

他是一位富有能力的領導者，無疑有解決問題的實力。

〜ことに（は）

令人感到…的是…

類義表現

〜ことか
非常…

接續方法 {形容詞辭書形；形容動詞詞幹な；動詞た形}＋ことに（は）
【感想】接在表示感情的形容詞或動詞後面，用於表達説話人對某事的先行感想或心情。在具體敍述事情的內容之前，先表達心情。這種表達方式具有濃厚的書面語氣。

例文

1
嬉しいことに、来年新開発の宇宙船で月面探査が実施される予定だ。

值得欣喜的是，我們預計明年將利用新研發的宇宙飛船進行月球探索。

2
驚いたことに、山本博士は新しい素材の開発にわずか一日で成功したという。

讓人驚嘆的是，山本博士僅用短短一天的時間，就成功開發出了新的材料。

3
不思議なことに、長年使われていなかった古いコンピュータが突然動き出した。

不可思議的是，一台長期未被使用的舊電腦突然自主啟動。

4
残念なことには、最先端の AI 技術を駆使したロボットがわずかな誤差で競技に敗れた。

遺憾的一幕是，一台使用了最先進 AI 技術的機器人，卻因一次微小的失誤在比賽中遭遇敗北。

5
仰天したことに、二つのライバル企業が共同で革新的な技術開発に取り組んでいる。

出人意料的是，兩家原本互為競爭對手的公司，現正共同研發創新技術。

〜こと（も）なく

不…、不…（就）…、不…地…

類義表現
〜ず、〜ないで
不…

> （接續方法）{動詞辭書形}＋こと（も）なく
> 【附帶】用於表達「沒做…而做…」的含義，如例(1)〜(4)。它也可以表示某事從未發生過，如例(5)。這種表達方式具有強烈的書面語氣。

例文

1
にんき
人気アイドル・ニコさんのライブは終わった後も、
ファンたちの熱狂は消えることなく続いた。

流行偶像 Nico 的演唱會落幕後，粉絲的熱忱未曾稍減，反而持續燃燒著。

2
かれ
彼らのバンドは夢を追い求め、休日も休むことなく
活動している。

他們的樂隊為了追尋夢想，即使在休息日也堅持不懈地活動。

3
えいが
映画のネタバレを避けることなく、インターネット
上で感想を語るのは難しい。

在網路上不洩露電影劇情的同時討論感想，實在是一大挑戰。

4
かしゅ　かのじょ
歌手の彼女は、一躍有名になることなく、デビュー
10 年をもって活動をやめた。

她雖身為歌手，卻並非一瞬間成名，反倒在出道 10 年後選擇了暫時休息。

5
えいが　じょうえい
映画の上映は、大きなトラブルを引き起こすことも
なく、順調に行われました。

電影的播映並未引發任何大困擾，一切皆按計劃順利進行。

～ざるをえない

1. 不得不…、只好…、被迫…；2. 不…也不行

接續方法 {動詞否定形（去ない）}＋ざるを得ない

1 【強制】「ざる」是「ず」的連體形，而「得ない」是「得る」的否定形。表示沒有其他選擇，只能這麼做。有時也表示由於某種壓力或情況的影響，不得不違背良心地做某事，如例(1)～(3)。

2 【自然而然】用來表示自然而然產生的心情或狀態，如例(4)。

3 〖サ變動詞－せざるを得ない〗當前接サ行變格動詞時，應該使用「せざるを得ない」，如例(5)（但也有一些例外，譬如前接「愛する」時，應該使用「愛さざるを得ない」）。

例文

1
文化財保護のため、行政命令により特定の建物の改築を行わざるを得ない。

為了維護文化遺產，我們必須按照行政指令對特定建築進行改造。

2
言語の継承が重要なので、伝統的な方言を学ばざるを得ない地域もある。

由於語言的傳承極其重要，因此有些地區的人必須學習並使用傳統方言。

3
古典芸術を研究するには、時には古い文献を読むことを避けられず学ばざるを得ない。

為了深入研究古典藝術，我們有時必須翻閱古老的文獻。

4
あの映画の人気はこれだけ高まっている。観ざるを得ない。

該部電影如此之受歡迎，讓人不得不前去欣賞。

5
悪天候のため、屋外での芸術イベントは中止せざるを得ない状況となった。

由於天氣狀況惡劣，我們無奈地取消了原定在戶外進行的藝術活動。

〜しだい

馬上…、一…立即、…後立即…

接續方法 {動詞ます形}＋次第

1 【時間的前後】表示當某動作剛完成，就立即進行下一個動作。換句話説，一旦實現了前項，就立刻執行後項。前項為期待實現的事情。

2 〖✕ 後項過去式〗後項不應該使用過去式，而應使用表示請求或期望的表達方式。

例文

1 政府の新政策が発表され次第、その影響について詳細に分析いたします。

一旦政府的新政策公開，我們將對其影響進行深入分析。

2 経済指標の発表があり次第、金融市場の動向を検討する必要があります。

經濟指標一旦公布，我們便需對金融市場的走向展開討論。

3 国際会議の結果が明らかになり次第、その対策について意見を交わしましょう。

國際會議一旦確定結果，我們應立即交換並討論對策的見解。

4 首脳会談が終了し次第、今後の外交方針について議論が必要となるでしょう。

首腦會議一旦結束，我們就需要開始討論未來的外交政策。

5 法案が承認され次第、新政策の実施に移りましょう。

法案一旦獲得通過，我們將立即著手實施新的政策。

～しだいだ、しだいで (は)

全憑…、要看…而定、決定於…

類義表現
～しまつだ …（不好的）後果

接續方法 {名詞}＋次第だ、次第で（は）

1 【經由】 表示一個行為或動作的實現，完全取決於「次第」前的名詞。也就是説，只有完成了「しだい」前的事項，事情才能成立。「しだい」前的事項是影響事情結果的關鍵因素。

2 〔諺語〕 有相關的諺語，如「地獄の沙汰も金次第／有錢能使鬼推磨」。

〔例文〕

1
せいふ　いこうしだい　　　ぜいせい　かいかく　かそく
政府の意向次第で、税制の改革が加速するかもしれない。

税制改革的加速與否，將取決於政府的意願與行動。

2
ほうりつ　てきよう　　　　　しだい　　　こうへい　ばあい　ふこう
法律の適用は、ケース次第では、公平な場合も不公
へい　ばあい　　　え
平な場合もあり得る。

法律的應用，取決於案件的具體情境，有時候即便在公平的前提下，也有可能存在不公的情況。

3
いっこく　けいざいせいちょう　　　せいさくしだい
一国の経済成長は、その政策次第だ。

一個國家的經濟成長，全賴其政策的制定與實行。

4
ほうあん　せいひ　　　いいんかい　しんぎしだい
法案の成否は、委員会の審議次第だ。

法案能否順利通過，將完全依據委員會的審議結果。

5
みらい　せんきょけっか　　　げんざい　せいさくじっこうしだい
未来の選挙結果は、現在の政策実行次第だ。

未來選舉的結果，將全然依賴於當前政策的落實程度。

～しだいです

由於…、才…、所以…

類義表現

～ということだ

由於…

接續方法 {動詞普通形;動詞た形;動詞ている}＋次第です

【原因】用於解釋事情為何會發展到當前的狀況的原因。此表達方式是書面語，語氣較為生硬。

例文

1

そういうわけで、今の政策を採用した次第です。

因此，我們採用了現行的政策。

2

一部の市民からの意見を受け、税制改革に取り組む次第です。

根據部分市民的意見，我們正努力進行稅制改革。

3

多くの人々が苦しんでいるため、貧困削減政策を推進する次第です。

由於許多人正在受苦，我們正在推動減少貧困的政策。

4

市民の声を反映させるため、公開討論会を開く次第です。

為了反映市民的聲音，我們決定舉辦公開討論會。

5

経済の不安定性が続いているため、政府は迅速な対策を推進する次第です。

由於經濟的不穩定性持續存在，政府被要求迅速採取對策。

～じょう（は／では／の／も）

從…來看、出於…、鑑於…上

接續方法 {名詞}＋上（は／では／の／も）

【觀點】 用於表達從某個觀點或範疇來看的意思。「じょう」直接接在名詞後面，如「立場上、仕事上、ルール上、教育上、歷史上、法律上、健康上」等。

例文

1

りっぽうしゃ
立法者という立場上、「増税に反対」とは、言えない。

作為立法者，他無法反對「增税」。

2

25歳では、日本の法律上は、国会議員に立候補できない。

根據日本的法律，年滿25歳的人不能擔任國會議員候選人。

3

がいこうじょう
外交上は平静を装っていたが、内心は緊張していた。

雖然在外交上他表現得很平靜，但內心其實非常緊張。

4

げんこう
現行の法律上では、選挙における個人献金制限を超える寄付は完全に不可能だとされています。

根據現行法律，超過個人捐款限制的捐款在選舉中是完全不可能的。

5

けんぽうかいせい
憲法改正を求める声が上がるものの、現時点では憲法上の条文に大きな変更がない状況が続いています。

雖然有聲音要求修改憲法，但目前憲法的條款尚未發生重大變化。

～すえ（に／の）

経過…最後、結果…、結局最後…

接續方法 {名詞の}＋末（に／の）；{動詞た形}＋末（に／の）

1 【結果】 表示「經過一段時間的艱難和反覆嘗試後，最終達到某種結果」。這表示的是動作、行為等的結果，暗示了「某一時期的結束」，通常在書面語中使用，如例(1)～(4)。

2 〖末の＋名詞〗 當後接名詞時，應該使用「末の＋名詞」，如例(5)。

3 〖すえ～結局〗 此句型包含説話人的印象和情感，因此後項通常使用表示猶豫、思考、反覆等含義的副詞，如「結局、とうとう、ついに、色々、さんざん」等。

例文

1
選挙戦は与党と野党の激しい戦いの末、与党が勝利を収めた。

在激烈的選戰鬥爭後，執政黨最終贏得了勝利。

2
長時間に及ぶ交渉の末に、両国は環境問題に関する協定について最終的な合意に達した。

經過漫長的談判，兩國最終就環境問題達成了協議。

3
内閣改造するというのは、首相がさんざん迷った末に出した結論です。

進行內閣改革是首相經過反覆思考後做出的決定。

4
選挙運動の末、やっとのところで勝利を手に入れましたから、感慨深いです。

經過選舉運動的最後階段，我們終於取得了勝利，實在讓人感慨萬分。

5
税制改革案を二つに分けるというのは、関係者がいろいろ検討した末の決定です。

將税制改革案分為兩部分是相關人士經過多方考慮後的決定。

〜ずにはいられない

不得不…、不由得…、禁不住…

類義表現
〜ずにはおかない
一定要…

接續方法 {動詞否定形（去ない）}＋ずにはいられない

1 **【自然而然】** 表示無法抑制自己的意志，情不自禁地做某事。此為書面語。也表示動作行為者無法控制自然產生的情感或反應等，如例(1)〜(4)。

2 〖反問語氣去は〗 在反問語氣中使用（以問句形式表示肯定或否定），不能插入「は」，如例(5)。

例文

1
経済危機が深刻化し、政府の対応を懸念せずにはいられなかった。

隨著經濟危機的加劇，我們不禁對政府的應對措施感到擔憂。

2
（政治家の自叙伝から）魅力的な内容！読み始めたら、最後まで読まずにはいられない。

這位政治家的自傳內容引人入勝！一旦開始閱讀，就無法停下直到最後。

3
貧困層の苦境を思うと、社会保障制度の改善を求めずにはいられません。

面對貧困階層的困境，我不能不要求改善社會保障制度。

4
政策に疑問を感じると、議員に問い合わせずにはいられないようだ。何でも質問する。

當對政策有疑問時，似乎無法不向議員提問，有任何問題都要提出。

5
輸出業が衰退し続ける。経済に深刻な影響がある。見ていて手を出さずにいられるか。

出口業持續衰退，對經濟帶來深刻影響。我們怎能坐視不管呢？

～そうにない、そうもない

不可能…、根本不會…

接續方法{動詞ます形；動詞可能形詞幹}＋そうにない、そうもない

【可能性】表示説話人認為某事發生的可能性非常小，或者沒有發生的跡象。

例文

1
こっかい　とくべつ　い　いんかい　　　　　　　かいかい
国会の特別委員会はまだ開会しそうにない。

國會的特別委員會似乎沒有要開會的樣子。

2
あした　　　　　　　　　　せんきょ　　こん や　お　つ　　　ねむ
明日はいよいよ選挙だ。今夜は落ち着いて眠れそうにない。

明天就是緊張的選舉了，今晚看來很難入眠。

3
きのう　　　　　　　せいじ　こんらん　つづ　　　　　　　　おさ
昨日からずっと政治の混乱が続いているが、まだ治まりそうにない。

長期的政治亂象仍在持續，短期內似乎難以平息。

4
よう す　　　　　せい じ てきこんらん　　しゅうそく
この様子では、政治的混乱が収束しそうもない。

觀察這種情況，政治混亂似乎還沒有結束的跡象。

5
ざいせいあか じ　　ふく　　いっぽう　　そうきゅう　　　　　　　　　と
財政赤字が膨らむ一方で、早急にバランスが取れそうもない。

在財政赤字持續擴大的情況下，財政平衡似乎無法迅速實現。

★ 精選 N2 考題中，常考的 N3 文法，復習一下吧！

～こそ
／正（因為）…オ

こちらこそよろしくお願いします。

彼此彼此，請多多關照。

～ことになっている、こととなっている
／按規定…、預定…、將…

夏休みのあいだ、家事は子どもたちがすることになっている。

暑假期間，説好家事是小孩們要做的。

～ことはない
／不要…、用不著…

部長の評価なんて、気にすることはありません。

用不著去在意部長的評價。

～際、際は、際に
／時候、在…時、當…之際

仕事の際には、コミュニケーションを大切にしよう。

在工作時，要重視溝通。

～最中に、最中だ
／正在…

例の件について、今検討している最中だ。

那個案子，現在正在商討中。

さえ～ば、さえ～たら
／只要…（就）…

手続きさえすれば、誰でも入学できます。

只要辦手續，任何人都能入學。

〜しかない　　　　　　　　　／只能…、只好…、只有…

病気になったので、しばらく休業するしかない。

因為生病，只好暫時歇業了。

〜せいか　　　　　　／可能是（因為）…、或許是（由於）…的緣故吧

年のせいか、からだの調子が悪い。

也許是年紀大了，身體的情況不太好。

たとえ〜ても　　　　　　　　　／即使…也…、無論…也…

たとえ明日雨が降っても、試合は行なわれます。

明天即使下雨，比賽還是照常舉行。

〜たところ　　　　　　　　　　／…結果（或是不翻譯）

事件に関する記事を載せたところ、たいへんな反響がありました。

去刊登事件相關的報導，結果得到熱烈的回響。

〜たとたん、たとたんに　　　　／剛…就…、剛一…、，立刻…、剎那

二人は、出会ったとたんに恋に落ちた。

兩人一見鍾情。

〜たび、たびに　　　　　　／每次…、每當…就…、每逢…就…

あいつは、会うたびに皮肉を言う。

每次跟那傢伙碰面，他就冷嘲熱諷的。

～だらけ /全是…、滿是…、到處是…

子どもは泥だらけになるまで遊んでいた。

孩子們玩到全身都是泥巴。

～ついでに /順便…、順手…、就便…

知人を訪ねて京都に行ったついでに、観光をしました。

到京都拜訪朋友，順便觀光了一下。

～っけ /是不是…來著、是不是…呢

ところで、あなたは誰だっけ。

話說回來，請問您是哪位來著？

～っぽい /看起來好像…、感覺像…

君は、浴衣を着ていると女っぽいね。

你一穿上浴衣，就很有女人味唷！

～て以来 /自從…以來，就一直…、…之後

手術をして以来、ずっと調子がいい。

手術完後，身體狀況一直很好。

～てからでないと、てからでなければ /不…就不能…、不等…之後，不能…

準備体操をしてからでないと、プールには入れません。

不先做暖身運動，就不能進游泳池。

～て（で）たまらない /非常…、…得受不了、…得不行、十分…

勉強が辛くてたまらない。

書唸得痛苦不堪。

Practice・3

[第三回練習問題]

| 問題一 | 次の文の（　　）に入る最も適当な言葉を１・２・３・４から選びなさい。 |

1 これ（　　）我々が長い間追求し続けていた平和解決策です。
1．こそ　　　　　2．だけ　　　　　3．さえ　　　　　4．もの

2 大使がいない（　　）交渉は進められません。
1．ものの　　　　2．ことで　　　　3．ことには　　　4．としても

3 国際会議の（　　）には、言葉遣いに気をつけなさい。
1．際　　　　　　2．うち　　　　　3．場面　　　　　4．ついで

4 今回の交渉の成功か失敗か、すべては各国のリーダーの対応（　　）だ。
1．しだい　　　　2．とおり　　　　3．こと　　　　　4．よう

5 この国際会議は参加国の代表しか参加できない（　　）。
1．ことだ　　　　　　　　　　2．ものではない
3．ことになっている　　　　　4．ものになっている

6 この国はなんと投資しやすい（　　）。
1．ものだ　　　　2．ことだ　　　　3．ことか　　　　4．もの

7 彼ら（　　）戦争を避けられるとは思わなかったのに、平和解決したなんてまさに奇跡だ。
1．こそ　　　　　2．だけ　　　　　3．さえ　　　　　4．もの

8 他の国はともかく、アメリカ大統領（　　）支持してくれれば、この計画は大丈夫です。

　1．まで　　　　　2．もの　　　　　3．さえ　　　　　4．しか

9 我々の外交官は休む（　　）交渉を続けた。

　1．きって　　　　2．ことなく　　　3．までに　　　　4．つつ

10 その二つの国は、同じ地域で利害が一致していた（　　）、同盟が始まった。

　1．ことから　　　2．からして　　　3．ものから　　　4．せいで

11 国連安全保障理事会の会議（　　）、首都から緊急の電話がかかってきた。

　1．ところに　　　2．のうちに　　　3．のに　　　　　4．の最中に

12 交渉の結果が（　　）、すぐに国連に報告してください。

　1．出まで　　　　2．出もの　　　　3．出次第　　　　4．出こと

13 国債の負担を軽減するためには、まず無駄な支出を削減する（　　）。

　1．ことはありません　　　　　　2．しかありません

　3．にちがいありません　　　　　4．わけがない

14 I can't help but feel sympathy for the victims. は「被害者に対して（　　）いられない」という意味です。

　1．同情しては　　　　　　　　　2．同情せずには

　3．同情されては　　　　　　　　4．同情しすぎては

15 訪問日だったのに豪雨の（　　）どこにも行けなかった。

　1．もので　　　　2．せいで　　　　3．ところで　　　4．とおりで

16 驚く（　　）、新開発の探査機器により遠くの銀河系への航行が
可能となる見込みだ。
1．にしたら　　2．からみると　3．というより　4．ことに

問題二　　**文を完成させなさい。**

1 （　　　　　　　　　）のことだから、（　　　　　　　　　　）。

2 （　　　　　　　　　　　　　　　　）ざるをえない。

3 彼は（　　　　　　）ことなく（　　　　　　　　　）。

4 （　　　　　　　　）次第で、（　　　　　　　　　　）。

5 （　　　　　　）せいで、（　　　　　　　　）。

6 （　　　　　　）最中に、（　　　　　　　　　　　）。

7 （　　　　　　）こそ（　　　　　　　　　　　）。

8 （　　　　　　　　　　　　　　　）ことになっている。

9 （　　　　　　　　　　　　　　　　　　）ことか。

10 （　　　　　　　　）さえ（　　　　　　　　　　　　）。

〜だけあって

不愧是…、也難怪…

類義表現
〜だけに 不愧是…

接續方法 {名詞;形容動詞詞幹な;[形容詞・動詞] 普通形}＋だけあって

1 【符合期待】 表示實際結果符合預期或期望。通常在正面的評價中使用，帶有敬佩和理解的情感。在此處的副助詞「だけ」用於表達名實相符的概念。

2 〖重點在後項〗 前項接地位、職業、評價、特徵等詞語，重點在於後項。後項不使用未來或推測等表達方式。

例文

1
彼はさすが元首相だけあって、国際会議で堂々とした演説を行った。

他作為前首相，果然在國際會議上發表了一場自信滿滿的演講。

2
信頼性が高いだけあって、政策の透明性は抜群です。

正因為他的信譽非常高，政策的透明度也是卓越的。

3
議論が盛んなだけあって、この議会では様々な意見が出た。

這個議會充滿了各種觀點，正如熱烈的辯論所顯示的那般。

4
田中さんは 10 年も議員を務めただけあって、政治のことは何でも知っている。

田中先生在議員職位上工作了 10 年，對政治的了解理所當然。

5
この法案は実に効果的だ。有名な立法者が作っただけあるよ。

這項法案確實有效，因為它是由一位著名立法者制定的。

〜だけでなく

不只是…也…、不光是…也…

類義表現

〜おまけに
再加上…

接續方法 {名詞;形容動詞詞幹な;[形容詞・動詞] 普通形}＋だけでなく
【附加】表示前項和後項都適用，或者兩者都需要。

例文

1
新しい福祉施設は、高齢者のケアだけでなく、地域
交流も促進するんだ。

新的福利設施不僅提供老年人的護理，還促進了社區之間的交流。

2
あの病院は、医療技術だけでなく、患者の心のケア
も素晴らしい。

那家醫院在醫療技術和對患者心理的關懷方面都表現出色。

3
その政治家は、演説がすばらしいだけでなく、政策
の実行も力強い。

那位政治家不僅在演說上出色，還展現了強大的政策執行力。

4
彼女はボランティア活動に熱心なだけでなく、環境
保護にも取り組んでいる。

她不僅熱心參與志願者活動，也致力於環境保護。

5
政府は、批判されるだけでなく、予算も全部使い切っ
てしまったんです。

政府不僅受到批評，還將預算全部耗盡。

～だけに

1. 到底是…、正因為…，所以更加…；2. 由於…，所以特別…

類義表現

～ばかりに
正是由於…

接續方法 {名詞；形容動詞詞幹な；[形容詞・動詞] 普通形}＋だけに

1 **【原因】** 表示原因，意為「正因為前項，所以理所當然地有相應的結果」，或者表達比一般程度更深的後項狀況，如例(1)～(4)。

2 **【反預料】** 用於表達結果與預期相反的情況。多用於結果不理想的情況，如例(5)，但也可以用於結果良好的情況。

例文

1
高級スーパーだけに、品質は保証されている。

這是一家高級超市，因此品質有所保證。

2
料理経験が長いだけに、その味は絶品だ。

他具有豐富的烹飪經驗，所以他所做的料理味道絕佳。

3
佐藤さんは長年福祉施設で働いただけに、高齢者への対応がとても丁寧だ。

佐藤先生在福利機構工作多年，正因如此，他對老年人的應對非常細心。

4
若手活動家は情熱があるだけに、新しいアイデアを次々と提案してくれる。

年輕的活動家充滿熱情，因此他們不斷提出新的想法。

5
彼は料理人としては一流なだけに、今回の食事がまずかったのは大変残念です。

作為一位一流的廚師，這次食物的味道不佳實在是非常令人遺憾。

だけのことはある、〜だけある

到底沒白白…、值得…、不愧是…、也難怪…

接續方法 {名詞;形容動詞詞幹な;[形容詞・動詞] 普通形}+だけのことはある、だけある

1 【符合期待】表示實際結果與付出的努力、處於的地位、經歷的事件等名實相符。通常用於高度讚美其後項的結果、能力等，如例(1)～(4)。

2 〔負面〕此句型也可用於對事物的負面評價，表示理解前項的情況，如例(5)。

例文

1
かれ ち いきかつどう ねっしん と く
彼は地域活動に熱心に取り組んでいる。さすがボランティアリーダーだけある。

他對社區活動投入極大的熱情，無疑展現了出色的志願者領導能力。

2
りょうり あじ ぜっぴん ひょうばん たか
料理の味は絶品です。このレストランは評判が高いだけある。

這家餐廳聲譽卓著，果然其料理的味道絕佳。

3
じ てんしゃ つうきん たいへんちょうほう べん り
この自転車は通勤に大変重宝し、便利なだけあって
いどう らく
移動が楽です。

這輛自行車確實非常方便，特別適合上下班使用，不愧為便利之選，使得日常移動輕鬆自在。

4
こうえん ほんとう せい び うつく し
この公園は本当に整備されていて美しい。市のプロ
て が
ジェクトチームが手掛けただけのことはあるよ。

這個公園的維護狀況非常美麗，果然不負眾望，因為是由市政項目團隊負責的。

5
かれ けんこうじょう もんだい お まいばんいんしゅ
彼は健康上の問題が起きている。毎晩飲酒している
だけあるよ。

他每晚都喝酒，果然，已經出現了健康問題。

〜だけましだ

幸好、還好、好在…

接續方法 {形容動詞詞幹な;[形容詞・動詞] 普通形}＋だけましだ

1 【程度】用來表達雖然情況不是很理想，或遇到了一些不順利的事情，但至少還不至於太糟糕，或者從壞情況中找到一些慰藉或積極的方面。這有種安慰人的感覺。

2 〔まし→還算好〕「まし」在此處的意思是，雖然情況不是很好，但與最糟糕的情況相比，還算可以接受。

例文

1 このアパートは値段が高すぎるけれど、広いだけましだ。

儘管這間公寓的價格過高，但幸好它的空間算是寬敞。

2 このコーヒー、味は全然ないが、熱いだけましだ。

這杯咖啡雖然毫無味道，但至少是熱呼呼的，讓人稍微感到舒適一些。

3 地震で家が倒れたけれど、家族が無事なだけましだ。

雖然地震導致房屋倒塌，但家人都平安無事，這可算是幸運的。

4 地域の公共交通は不便だが、少なくとも週末も運行しているだけましだ。

這個地區的公共交通非常不便，但至少在週末還有運行，這總比完全沒有好。

5 教育費の負担が増えているが、奨学金制度があるだけましだ。

雖然教育費用的負擔增加了，但至少有獎學金制度，總比沒有好。

～たところが

可是…、然而…、沒想到…

類義表現
～のに
卻…

接續方法 {動詞た形}＋たところが

【期待】 為一種逆接用法，表示某行動雖出於某種目的，但結果與期待相反。後項常常表達出乎意料的客觀事實。

例文

1
地域の公共施設の改修計画を調べたところが、多くの予算が使われていることがわかった。

我查看了關於地區公共設施改修計劃的資料，發現使用了大量的預算。

2
森林保護を目指した当市だが、調査したところが、違法伐採が増加していた。

本市一直致力於森林保護，但調查結果卻顯示非法砍伐的情況反而增加。

3
リサイクル条例を施行したところが、ゴミ施設の負荷が増大した。

實施回收條例後，卻導致垃圾處理設施的負擔增大。

4
町の公園の整備計画について関係者に聞いたところが、まだ具体的な進捗はないということだった。

我向負責人詢問了有關城鎮公園整修計劃的進展情況，但得到的答覆是目前尚未有具體的進展。

5
節水に努力したところが、水道料金は思ったより下がらなかった。

雖然我努力節約用水，但水費並未如我預期的那樣降低。

～っこない

不可能…、決不…

類義表現
～わけはない、
～はずがない、
絶対に～ない
不可能…

接続方法 {動詞ます形}＋っこない

1 【可能性】用來強烈否定某事發生的可能性，這是根據說話人的判斷。通常在口語中使用，適合於與親近的人之間的交流，如例(1)～(3)。

2 〖なんて～っこない〗常與「なんか、なんて」、「こんな、そんな、あんな(に)」一起使用，達到呼應的效果，如例(4)、(5)。

例文

1 (新聞記事を見ながら) 妻：この自治体が子育て支援策を強化しているわね。
夫：それはいいけど、我々の予算ではその施設利用料は払えっこないよ。

（看報紙時）妻子：看，這個自治體正在加強對兒童的撫養支援措施。丈夫：那是好事，但我們的預算根本無法支付那些設施的使用費。

2 どんなに株を買ったって、一夜にして大富豪になることはありっこないよ。

無論你購買多少股票，一夜之間變成大富翁的可能性幾乎不存在。

3 無計画に投資しても、リスク無しで大きな利益を得ることはできっこないよ。

即使不計劃地投資，也不可能無風險地獲得巨大的利潤。

4 こんな複雑な税制改革案を提示しても、一般市民にはわかりっこないだろう。

提出這麼複雜的稅制改革方案，普通市民也很難理解。

5 こんなに混雑している電車では、ゆっくりと新聞を読むことはできっこない。通勤時は我慢するしかない。

在這麼擁擠的火車上，根本無法安靜地閱讀報紙。通勤時間只能默默忍受。

～つつ（も）

1. 儘管…、雖然…；2. 一邊…一邊…

類義表現
～のに、～にも
かかわらず、～
ながらも
卻…；儘管…但是…

接續方法 {動詞ます形}＋つつ（も）

1 【反預料】 表示逆接，用來連接兩個相反的情況或事件，常常用在表達說話人的後悔或自我揭露的情境，如例(1)～(3)。

2 【同時進行】 用來表示同一主體在進行一個動作的同時，也在進行另一個動作。在這種用法中，只能使用「つつ」，不能使用「つつも」，如例(4)、(5)。

例文

1
経済成長の影響で環境に悪影響が及ぶことを知りつつも、企業は利益を追求し続ける。
儘管知道經濟增長對環境造成負面影響，企業仍然追求利潤。

2
借金を返済すべきだと思いつつ、新しい投資に手を出してしまった。
明明知道應該償還債務，卻又投入新的投資。

3
節約すべきと分かりつつも、高価な物を購入してしまった。
明明知道應該節省，卻買下昂貴的物品。

4
経済成長を享受しつつ、環境問題への対応も怠らないようにしなければならない。
在享受經濟增長的同時，我們不能忽視應對環境問題的重要性。

5
企業は利益を追求しつつ、社会責任も重視するべきだ。
企業在追求利潤的同時，也應該重視社會責任。

〜つつある

正在…

類義表現
〜ている
正在…

接續方法 {動詞ます形}＋つつある

1 【**繼續**】用在繼續動詞之後，表示某一動作或狀態正在持續朝某一方向發展，通常在書面語言中使用。與「ている」表示動作進行中不同，「つつある」更強調正處於某種變化中，因此，前面不可接如「食べる、書く、生きる」等動詞，如例(1)～(4)。

2 〖**どんどん〜つつある**〗此句型常與副詞「どんどん、だんだん、しだいに、少しずつ、ようやく」一起使用，如例(5)。

例文▷

1 新型コロナウイルスのワクチン接種が進む中、感染率が徐々に低下しつつある。

隨著新型冠狀病毒疫苗接種的推進，感染率正在逐漸下降。

2 地球温暖化対策の取り組みが広がり、環境にやさしいエネルギーの利用が増えつつある。

地球暖化對策的努力不斷擴大，環保能源的使用也在增加。

3 過去数年間で、地方自治体は若者の地域移住を促す施策を打ち出し、一部地域で人口減少の流れが止まりつつある。

近年來，地方自治體推出了鼓勵年輕人移居的政策，一些地區的人口減少趨勢正在逐漸停止。

4 テレワークの導入が進み、働き方改革が実現しつつある企業が増えている。

隨著遠程辦公的普及，致力於工作方式改革的公司也在增加。

5 都市化が進行するにつれ、地方の伝統文化がだんだん失われつつある。

城市化的推進使得地方的傳統文化逐漸流失。

〜て（で）かなわない

…得受不了、…死了

接續方法 {形容詞く形}＋てかなわない；{形容動詞詞幹}＋でかなわない

1 【強調】 用來強調情況讓人感到困擾或無法承受。在更禮貌的語境中，可以用「てかなわないです」或「てかないません」。

2 〖かなう的否定形〗「かなわない」是「かなう」的否定形，其意義與「がまんできない」和「やりきれない」相似，表達無法忍受或無法接受的情況。

例文

1
けいざい ていめい きぎょう ぎょうせき あっか じゅうぎょういん ふたん
経済の低迷で、企業の業績が悪化し、従業員の負担
ま いそが
が増し忙しくてかなわない。

由於經濟低迷，公司業績惡化，員工負擔增加，讓人忙得手忙腳亂。

2
さいせんたん ぎじゅつ とうさい せいのう たか
最先端の技術を搭載したスマートフォンは性能は高
かかく たか
いが、価格が高くてかないません。

雖然配備了最新技術的智慧手機性能很高，但價格昂貴，讓人望而卻步。

3
か けいざいじょうきょう しつぎょうしゃ ぞうか せい
コロナ禍での経済状況により、失業者が増加し、生
かつ くる
活が苦しくてかなわない。

受到新冠疫情的影響，經濟狀況惡化，失業者增多，讓人陷入困境難以應對。

4
かぶか らんこうげ とうしか ふあん たか しんぱい
株価の乱高下により、投資家の不安が高まり、心配
でかなわない。

由於股票價格大幅波動，投資者的焦慮加劇，讓人難以安心。

5
しんこう ぶっか じょうしょう と か
インフレの進行により、物価の上昇が止まらず、家
けい くる
計が苦しくてかなわない。

通膨進一步加劇，物價持續上漲，使家庭經濟難以負擔。

～てこそ

只有…才（能）、正因為…才…

接續方法 {動詞て形}＋こそ

【強調】由接續助詞「て」後接提示強調助詞「こそ」組成，表示因實現了前項的條件，才能得到後項的良好結果。在「てこそ」之後，一般接褒義或可能性的內容，以強調「正是由於這個原因」的表達方式。後項是説話人的判斷。

例文

1
効果的な経済政策を実施してこそ、国の経済成長が維持されると言える。

唯有實施有效的經濟政策，方能維持國家的經濟持續增長。

2
企業はイノベーションを起こしてこそ、競争力を維持し、市場で成功することができる。

唯有公司不斷創新，方能保持競爭力，在市場上取得成功。

3
環境に配慮した持続可能な開発を行ってこそ、地球の未来が守られると考えられる。

我們深信，只有實行尊重環境且持續可行的開發，才能保護地球的未來。

4
経済学を学び続けてこそ、財務の理解が深まる。

只有持續學習經濟學，才能深入理解財務知識。

5
貯蓄は、継続してこそ富が増える。

唯有持續儲蓄，才能實現財富的增長。

～て（で）しかたがない、て（で）しょうがない、て（で）しようがない

…得不得了

類義表現
～てならない、 ～てたまらない …得不得了

接續方法｛形容動詞詞幹；形容詞て形；動詞て形｝＋て（で）しかたがないて（で）しょうがないて（で）しようがない

1 **【強調心情】** 用來表達説話人的情緒或身體狀況，處於難以控制或無法忍受的狀態，常見於口語。其中「て（で）しょうがない」的使用頻率最高，如例(1)～(4)。形容詞和動詞後接「て」，形容動詞後接「で」。

2 〖語音變化〗 需要注意「て（で）しようがない」和「て（で）しょうがない」雖然意思相同，但發音有所不同，如例(5)。

例文

1
経済危機が続いて、失業率が上昇し、国民の生活が苦しくてしかたがない。

因經濟危機的持續，失業率上升，國民生活的壓力增大，真的無法有效應對。

2
新型ウイルスの影響で、ビジネスが減少し、企業の収益が落ち込んでしかたがない。

受到新型病毒的影響，商業活動減少，公司的收益下滑，難以應對。

3
インフレが急速に進行し、物価が上昇して、家計が圧迫されてしかたがない。

通脹迅速進行，物價上升，使家庭經濟面臨壓力，實在是難以應對。

4
経済の問題が深刻で深刻でしょうがない。

經濟問題嚴重到了無法再想像的程度。

5
経済の衰退を見て、憂えてしようがない。

面對經濟衰退，不禁讓人感到憂慮。

～てとうぜんだ、てあたりまえだ

難怪…、本來就…、…也是理所當然的

接續方法 {形容動詞詞幹}＋で当然だ、で当たり前だ；{[動詞・形容詞]て形}＋当然だ、当たり前だ

【理所當然】用來表示前述的情況自然會引發後續的結果，並且這種過程是符合邏輯的，即理所當然。

例文

1
親が資産家だもの、子どもが裕福で当然だ。

父母富有，孩子富裕似乎是理所當然的。

2
経済が不振なので、物価が高くて当然だ。

由於經濟疲軟，物價自然就會上漲。

3
利益追求のために品質を無視するなんて、失敗して当然だ。

為了追求利潤而忽視品質，失敗似乎是不可避免的。

4
彼はビジネスセンスがあるから、成功できて当然だ。

他具有商業洞察力，因此成功似乎是理所當然的。

5
彼は経済専門家だから、金融市場の動向を読んで利益を上げて当たり前だ。

他是經濟專家，預測金融市場的趨勢並從中獲益似乎是合情合理的。

～て（は）いられない、てられない、てらんない

類義表現
～てたまらない …得不得了

不能再…、哪還能…

接續方法 {動詞て形}＋(は)いられない、られない、らんない

1 【強制】 表示無法繼續維持某種狀態，或者強烈的欲望想要立即進行某個動作，常帶有緊迫感或危機感。與「している場合ではない」有相同的意義，例(1)～(3)。

2 〖口語化－てられない〗「てられない」是「ていられない」的口語化語氣，這種語氣由「い」的省略產生，例(4)。

3 〖口語化－てらんない〗「てらんない」則是一種更隨便的口語表達方式，如例(5)。

例文

1
為替相場が急変しているため、慎重になってはいられない。即座に判断して投資方針を決めなければならない。

匯率波動劇烈，我們不能持謹慎態度，必須立即做出決策，確定投資方向。

2
企業の業績が急速に低迷しているので、このまま傍観してはいられない。根本的な改革が求められる。

企業業績迅速下滑，我們不能袖手旁觀。需要進行根本性改革。

3
インフレが進行中だから、消費者物価指数の上昇を無視してはいられない。政策対策を講じる必要がある。

由於通膨正在進行中，我們不能忽視消費者物價指數的上升。必須採取相應的政策加以應對。

4
経済が不安定で、積極的に投資なんてしてられない。

由於經濟的不穩定，我們無法積極進行投資。

5
5年後の経済回復なんて待ってらんない。

我們等不起5年後的經濟復甦。

～てばかりはいられない、てばかりもいられない

不能一直…、不能老是…

接續方法 {動詞て形}＋ばかりはいられない、ばかりもいられない

1 【強制】表示不能只是持續或過度地做某事。此表達方式常用來表示對現狀的不滿或不安，並希望進行變化，如例(1)～(3)。

2 〔接感情、態度詞〕常與表示感情或態度的詞如「笑う、泣く、喜ぶ、嘆く、安心する」等一起使用，如例(4)、(5)。

例文

1
利益が上がったからといって、満足してばかりはいられない。市場は変化し続けるため、常に新しい戦略を考えなければならない。

儘管利潤有所上升，我們卻不能因此而自滿。市場永遠在變化，我們必須不停尋求新的戰略方向。

2
国内生産が増加しているといって、楽観してばかりはいられない。環境問題や資源の枯渇にも取り組まなければならない。

即使國內生產持續增加，我們也不能過度樂觀。我們仍需積極應對環境與資源枯竭的嚴峻問題。

3
企業の利益が高いといって、投資してばかりはいられない。リスク管理や市場分析も重要だ。

企業收益雖高，但我們也不能只著眼於投資。風險管理和市場分析同樣重要。

4
失業率が低下したからと言って、安心してばかりはいられない。経済状況は不安定で、労働市場の改善を継続しなければならない。

失業率雖然有所降低，我們也不能對此掉以輕心。面對經濟形勢的不穩定，我們必須持續推動勞動力市場的改進。

5
ビジネスが好調で嬉しいが、経済の変動を考えると安心してばかりもいられない。

雖然生意興隆令人喜悦，然而考慮到經濟的波動性，我們始終不能安逸自得。

〜てはならない

不能…、不要…、不許、不應該

接續方法 {動詞て形}＋はならない

【禁止】用來表達禁止的意義，表示有義務或責任，不能去做某事。此句型的對象通常不是特定個人，而是作為組織或社會的規則，表示人們不應該做的事。在更正式的場合，可以用「てはならないです」或「てはなりません」。

例文 ▷

1

こくさいほう やぶ
国際法を破ってはならない。

我們必須堅持不悖反國際法。

2

かくへいき かくさん たす
核兵器の拡散を助けてはならない。

我們不能在任何情況下協助核武器的擴散。

3

こっきょう こ さい いほう いみん かんよ
国境を越える際には、違法移民に関与してはならない。

當跨越國界時，絕不能涉足非法移民的活動。

4

こくさいふんそう む かんけい みんかんじん こうげき
国際紛争において、無関係な民間人を攻撃してはならない。

在國際衝突之中，我們絕不可攻擊無辜的平民。

5

かっこく せいさい むし い
各国は、制裁を無視してはならないと言われていた
きたちょうせん ぼうえき さいかい
が、北朝鮮との貿易を再開してしまいました。

儘管各國已明確被告知不能無視制裁，但他們卻再度與北韓恢復貿易。

～て（で）ならない
／…得厲害、…得受不了、非常…

彼女のことが気になってならない。

十分在意她。

～ということだ
／聽說…、據說…

課長は、日帰りで出張に行ってきたということだ。

聽說課長出差，當天就回來。

～とおり、とおりに
／按照…、按照…那樣

医師の言うとおりに、薬を飲んでください。

請按照醫生的指示吃藥。

～どおり、どおりに
／按照…、正如…那樣、像…那樣

荷物を、指示どおりに運搬した。

行李依照指示搬運。

～とか
／好像…、聽說…

当時はまだ新幹線がなかったとか。

聽說當時還沒有新幹線。

～ところへ
／…的時候、正當…時，突然…、正要…時，（…出現了）

植木の世話をしているところへ、友だちが遊びに来ました。

正要修剪盆栽時，朋友就來了。

〜ところに   ／…的時候、正在…時

出<ruby>で</ruby>かけようとしたところに、電話<ruby>でんわ</ruby>が鳴<ruby>な</ruby>った。

正要出門時，電話鈴就響了。

〜ところを   ／正…時、之時、正當…時…

煙草<ruby>たばこ</ruby>を吸<ruby>す</ruby>っているところを母<ruby>はは</ruby>に見<ruby>み</ruby>つかった。

抽煙時，被母親撞見了。

〜とすれば、としたら   ／如果…、如果…的話、假如…的話

資格<ruby>しかく</ruby>を取<ruby>と</ruby>るとしたら、看護士<ruby>かんごし</ruby>の免許<ruby>めんきょ</ruby>をとりたい。

要拿執照的話，我想拿看護執照。

〜として、としては ／以…身分、作為…(或不翻譯)；如果是…的話、對…來說

評論家<ruby>ひょうろんか</ruby>として、一言<ruby>ひとこと</ruby>意見<ruby>いけん</ruby>を述<ruby>の</ruby>べたいと思<ruby>おも</ruby>います。

我想以評論家的身分，說一下我的意見。

〜としても   ／即使…，也…、就算…，也…

みんなで力<ruby>ちから</ruby>を合<ruby>あ</ruby>わせたとしても、彼<ruby>かれ</ruby>に勝<ruby>か</ruby>つことはできない。

就算大家聯手，也沒辦法贏他。

〜とともに   ／和…一起、與…同時，也…

仕事<ruby>しごと</ruby>をしてお金<ruby>かね</ruby>を得<ruby>え</ruby>るとともに、沢山<ruby>たくさん</ruby>のことを学<ruby>まな</ruby>ぶことができる。

工作得到報酬的同時，也學到很多事情。

Practice • 4

[第四回練習問題]

問題一　　次の文の（　　）に入る最も適当な言葉を１・２・３・４から選びなさい。

1　この空き部屋は、ほこり（　　）だという苦情が近隣から多く寄せられています。

　1. だけ　　　　　2. だらけ　　　3. だった　　　4. だし

2　日本を訪問する（　　）、首相は周辺のアジア諸国との関係強化のために、いくつかの会議に出席した。

　1. のに　　　　　2. ついでに　　3. うちに　　　4. 際して

3　「私たちは子どもが欲しくて（　　）」と、子を望む夫婦が願いを語った。

　1. ものがある　2. いい　　　　3. たまらない　4. ほしい

4　「あなたが郵便局に行くの？それなら、（　　）この手紙も出してきてくれる？」と地元の老人が隣人に頼んだ。

　1. とたんに　　2. つつに　　　3. ついでに　　4. 最中に

5　著名な建築家が自身のデザイン会社に着いた（　　）、多くの電話が寄せられたという。

　1. とたん　　　2. かのうちに　3. のところに　4. の最中に

6　高橋氏の長男が、異例のスピードで大企業の管理職に昇進し、その仕事に対する態度も（　　）なったと業界からの評価が高まっている。

　1. 大人げに　　2. 大人ように　3. 大人だけに　4. 大人っぽく

7 日本の経済界は、国内の景気が次第に回復（　　）とコメント
　　　しています。

　　1．しきる　　　　　　2．してある　　　3．しつつある　　4．しておいた

8 最近、国際社会の気候変動への対策について緊急に対応すべき
　　　だと感じて（　　）。

　　1．ある　　　　　　　2．なる　　　　　3．あらない　　　4．ならない

9 この地域は、台風が襲来する（　　）洪水の被害が出ることで
　　　知られている。

　　1．たびに　　　　　　2．うちに　　　　3．場面に　　　　4．のに

10 （　　）学生の成績が優れていても、その人柄が悪ければ、どう
　　　しようもないと教育者たちは警鐘を鳴らしています。

　　1．たとえ　　　　　　2．さいわい　　　3．うんよく　　　4．いつか

11 全世界のリーダーたちが協力して（　　）、大規模な環境問題を
　　　解決することは難しい。

　　1．以来　　　　　　　　　　　　2．からでないと

　　3．先立ち　　　　　　　　　　　4．末に

12 著名な芸術家、ジョン・ミラーは美術学校を卒業して（　　）、
　　　彼の親友であるダニエルとは一度も会っていないという。

　　1．以来　　　　　　　2．ところに　　　3．上で　　　　　4．末に

13 どんなに国際協力を試みたって、一夜にして気候変動の問題を
　　　解決させることは（　　）。

　　1．できっこない　　　　　　　　2．できるっけ

　　3．できかねない　　　　　　　　4．できるとか

14 早朝から食事を摂らないで仕事をしていた地元の作家が、お腹
　　がすいて（　　　）と言った。
　　1．たまらない　　　　　　　　2．はならない
　　3．ないではいられない　　　　4．いられない

| 問題二 | 文を完成させなさい。 |

1 （　　　　　　　　）ついでに、（　　　　　　　　　　　　　　）。

2 （　　　　　　）だらけで、（　　　　　　　　　　　　　　　）。

3 （　　　　　　　　）は（　　　　　　　）つつある。

4 （　　　　　　　　　　　）以来、（　　　　　　　　　　　　）。

5 たとえ（　　　　　　　）ても、（　　　　　　　　　　　　　）。

6 （　　　　　　　　　　　　　　　　　　）てなりません。

7 （　　　　　　　　　　　　　　　　）たまらなくなった。

8 （　　　　　　　　）たとたん、（　　　　　　　　　　　）。

9 （　　　　　　　　　　　）つつ、（　　　　　　　　　）。

10 （　　　　　　　　）てからでないと、（　　　　　　　　　）。

11 （　　　　　　　　）たびに、（　　　　　　　　　　　）。

～てまで、までして

1. 到…的地步、甚至…；2. 不惜…

---

1 【強調輕重】 用「動詞て形+まで」，表示為了達成某種目的，而以極大的犧牲為代價。這種用法通常用來強調犧牲的大小，如例(1)～(4)。

2 【指責】 也可以用於「名詞+までして」，表達為達成某種目的，而採取了令人震驚的極端行為，或者付出相當大的犧牲，如例(5)。

例文

1

制裁を受けてまで、あの国は核開発を続ける構えだ。

面對制裁的威脅，該國依然鐵心地持續其核能開發。

2

国際批判にさらされてまで、政府は経済政策を守ろうとしている。

儘管承受國際的譴責，政府仍然堅持捍衛其經濟政策。

3

戦争を起こしてまで、領土の問題を解決しようとする国がある。

有些國家竟然以發動戰爭的方式來解決領土爭議。

4

環境破壊を引き起こしてまで、資源開発を進める企業が問題視されている。

縱使其行為帶來環境破壞，有些企業仍執著於推進資源開發，這已經成為了一個嚴重的問題。

5

貿易戦争までして、市場支配を求めたのか。

難道他們不惜引發貿易戰爭，只是為了追求市場主導權嗎？

〜といえば、といったら

談到…、提到…就…、說起…、(或不翻譯)

接續方法 {名詞}＋といえば、といったら

【話題】用於承接某個話題，並從該話題引起與之相關的聯想，或對該話題進行更詳細的描述和說明。在口語中常用「っていえば」。

例文

1

今年のオリンピックは多くの感動的瞬間がありました。オリンピックといえば、来年の冬季オリンピックが話題になっています。

今年的奧運會留下了許多感人肺腑的時刻。提及奧運，人們的對話中自然而然就體現出對明年冬季奧運會的期待。

2

A：最近、国連で気候変動が重要な議題となっていますね。B：そうですね。気候変動といえば、今年の異常気象も話題になりました。

A：近期，聯合國將氣候變遷提升為主要議題。B：的確如此，談起氣候變化，今年那些異常的氣候現象便成了大眾熱議的焦點。

3

A：北朝鮮のミサイル発射がニュースで取り上げられていますね。B：そうですね。北朝鮮といえば、最近の国際会議でもその問題が注目されていました。

A：北韓的導彈發射已經成為新聞報導的主要內容。B：確實，提到北韓，近期的國際會議上這個問題也引發了廣泛的關注。

4

世界経済といったら、アメリカでしょう。

當我們談到世界經濟，美國無疑是關鍵指標。

5

国際政治への影響力といったら、中国です。

而一提到國際政治的影響力，中國自然成為了不可或缺的關鍵角色。

〜というと、っていうと

1. 你說…；2. 提到…、要說…、說到…

類義表現
〜といえば 說到…

接續方法 {名詞} ＋というと、っていうと

1 **【確認】** 用於確認對方所述的意思是否與自己的理解一致。說話人在確認後，可以提出相關疑問或質疑，如例(1)、(2)。

2 **【話題】** 也用於承接話題，從某個話題引發自己的聯想，或對該話題進行描述和說明，如例(3)～(5)。在口語中，常用「っというと」進行表達。

例文

1 ヴァン・ゴッホというと、このごろ新聞でよく見かけるあの画家ヴァン・ゴッホですか。

你提到的梵谷，是不是最近在報紙上頻繁出現的那位大畫家梵谷？

2 観劇できないっていうと、その演劇はすでに完売なんですか。

所說的不能看劇，是指那齣戲已經票房一掃而空了嗎？

3 日本というと、富士山や桜が人々の心に浮かぶ。

提及日本，人們腦海中總會浮現出富士山的雄偉與櫻花的優雅。

4 フランスというと、エッフェル塔や美食文化が思い浮かぶ。

說到法國，艾菲爾鐵塔的壯麗與美食文化的繁榮自然是人們的第一聯想。

5 インドっていうと、タージ・マハルやカレー料理が人々の心に浮かぶ。

一談及印度，人們往往會想到泰姬陵的絕美與咖哩菜餚的鮮明風味。

〜というものだ

也就是…、就是…

接續方法 {名詞；形容動詞詞幹；動詞辭書形}＋というものだ

1 【說明】 用於對事物進行評論或評判，表達「這實際上就是如此，確實就是這樣」的意思。這是一種斷定的表達方式，通常不會有過去式或否定形式的活用變化，如例(1)〜(4)。

2 〖口語化─ってもん〗 在口語中「ってもん」是一種比較隨便、粗俗的表達方式。這種表達方式是由「という」縮減為「って」，然後接上由「もの」轉化來的「もん」形成，如例(5)。

例文

1
諸国が気候変動対策を協力して行うべきだ。これが国際協力というものだ。

各國應該攜手共同應對氣候變化，這就是國際間的深度合作體現。

2
世界的な規模で病気が蔓延している時、国際社会が連携するのが当然というものだ。

面對全球性的疫情蔓延，國際社會的團結一致與協作助力成為必然選擇。

3
国連が紛争地域での平和維持活動を行う。これが国際責任というものだ。

聯合國在紛亂的衝突地區展開維和行動，這正是對國際責任的履行。

4
一人で海外旅行をするのは18歳では早過ぎるというものだ。

覺得一個人在18歲就膽大妄為地單獨出國旅行，可能是過於急躁。

5
美術館への旅行で、ただ写真を撮るだけでは、お金の無駄ってもんよ。

若只是在美術館旅行時隨意拍照，而不投入心力真正欣賞那些藝術品，那真是對金錢的一種揮霍。

～というものではない、というものでもない

…可不是…、並不是…、並非…

類義表現

～というわけで
はない

並不是…

接續方法 {[名詞・形容詞・形容動詞・動詞]假定形} / {[名詞・形容動詞詞幹](だ)；形容詞辭書形}＋というものではない、というものでもない

【部分否定】用於對某些想法或觀點進行委婉的否定，表達認為該想法或主張並不完全恰當或正確。它表示對某一主張的部分否定或不完全贊成。

例文

1
経済発展が進んでいれば幸福というものではない。環境保護も考慮すべきだ。

我們不能簡單地認為經濟發展越充盈，幸福感就越高，我們同樣需要關注環境保護的問題。

2
単に軍事力を増強すれば安全というものではない。外交努力も必要だ。

我們不能以為只要增強軍事力量就可以安穩，外交努力的價值也不容忽視。

3
高い GDP だけで国の成功というものではない。社会福祉も考慮に入れるべきだ。

高 GDP 並不等同於國家的成功，我們也應該將社會福利的確保納入考量。

4
移民の受け入れが多ければ多文化社会というものではない。融合と理解が求められる。

不能簡單地認為接納更多的移民就代表了多元文化社會，還需要社會的融合與理解。

5
全ての映画が心に残るものだというものでもない。

並非所有的電影都能在觀眾心中留下深刻印象。

～どうにか（なんとか、もうすこし）～ないもの（だろう）か

能不能…

接續方法 どうにか（なんとか、もう少し）＋{動詞否定形；動詞可能形詞幹}＋ないもの（だろう）か

【願望】 表達説話人面對某個問題或困擾，希望能找到解決方案的渴望和期待。

例文

1
どうにか国際紛争が解決されないものかと、世界は切に願っている。

全球渴望迅速解決國際衝突的問題。

2
地球温暖化の問題にどうにか対処できないものかと、各国が懸念を抱いている。

各國皆深感憂慮，如何妥善應對全球暖化的挑戰。

3
なんとか経済格差が縮小されないものかと、各国政府は取り組んでいる。

世界各地的政府都在努力消弭經濟差距。

4
世界的な対立が続いている。なんとか解決できないものだろうかと、世界中の人々が切に願っている。

面對全球對立的持續擴大，世界各地的人們急切希望能尋找出解決之道。

5
気候変動の問題が深刻化している。もう少し具体的な解決策を見つけられないものかと、各国が懸念を抱いている。

氣候變化問題日趨嚴峻，全球各國都在期盼能找到更有效的解決方案。

〜とおもうと、とおもったら

類義表現

〜かと思うと
剛一…就

1. 原以為…，誰知是…；2. 覺得是…，結果果然…

接續方法 {動詞た形}＋と思うと、と思ったら；{名詞の；動詞普通形；引用文句}＋と思うと、と思ったら

1 【反預料】用於表達本來預料的情況和實際結果出乎意料地相反，如例(1)〜(4)。

2 【符合預料】也可以用於表達預期的結果與實際發生的情況一致。在這種情況下，只能使用「とおもったら」，如例(5)。此句型無法用於表示說話人本人的狀態或行為。

例文 ▷

1
横浜の人気歌手が新曲を作っていると思ったら、漫画を読んでいました。

本以為人氣滿滿的橫濱歌手正在創作新曲，卻未料他竟然在消磨時間看漫畫。

2
彼のコンサートは、横浜だと思ったら、実は東京でした。

起初我以為他的演唱會將在橫濱舉行，然而實際上的場地卻在東京。

3
リリースが近いと思ったら、また延期になってしまった。

我原先以為新曲即將發布，誰曉得卻又遭到延期。

4
新曲をリリースしたと思うと、すぐにチャートで1位になりました。

當我誤以為新曲剛開始發行，沒想到它已迅速攀登至音樂榜的頂尖位置。

5
来週のコンサートが中止になったと思ったら、やはり天候の悪さが原因だった。

我最初預感下週的音樂會可能會因天氣不佳而取消，結果確實如此。

〜どころか

1. 哪裡還…、非但…、簡直…；2. 不但…反而…

接續方法 {名詞；形容動詞詞幹な；[形容詞・動詞] 普通形}＋どころか

1 【程度的比較】用於從根本上推翻前述內容，並在後述內容中提出與前述內容差距甚遠的情況，強調程度遠遠超出了原本的情況，如例(1)。

2 【反預料】也用於表達實際情況與預期完全相反，強調這種反差，如例(2)～(5)。

例文

1
日本語の文法どころか、簡単な挨拶も分からない。

別提日語語法了，我甚至連基本的問候都還不會。

2
新発売のゲーム機を高いお金を出して買ったのに、楽しく遊べるどころか、すぐに故障してしまい、消費者の間で不満が広がっている。

消費者為了新上市的遊戲機付出高價，結果不但無法享受遊戲的樂趣，反而因產品故障頻發引發大量不滿情緒。

3
この映画、退屈などころか、最後まで見入ってしまった。

這部電影怎麼會無聊？我被它深深吸引，直至結尾都無法移開視線。

4
展覧会に行ったら、混んでいて、楽しむどころか、逆に疲れてしまった。

展覽會的人頭湧湧，讓我無法好好欣賞，反而覺得疲憊不堪。

5
美術館で絵画を見るのは、リラックスするどころか、集中力が必要なことだ。

在美術館欣賞畫作，比起放鬆，更像是需要專注和投入。

〜どころではない

1.哪裡還能…、不是…的時候；2.何止…、哪裡是…根本是…

類義表現

どころか
哪裡還…

接續方法{名詞；動詞辭書形}＋どころではない

1 【否定】用於表達沒有時間、精力或資源來進行某種活動或任務，強調當前處於緊張或困難的情境，如例(1)～(3)。

2 【程度】也用於指出事態的實際程度遠超過預期。它用於描述一種情境，此情境與所討論的主題(前項)有所差距，而真實的狀況(後項)比原先的主題更加嚴重或重要，如例(4)、(5)。

例文

1
わたし、今忙しくて、美術館に行くどころじゃないんです。

對不起，我現在實在太忙，無暇抽身去美術館。

2
昔は図書館が少なく、本を読むどころではなかった。

那時候圖書館少得可憐，要找時間看書都變得困難。

3
古典音楽コンサートのシーズンだというのに、コンサートに行くどころじゃなく、夜遅くまで仕事をしている。

儘管現在正值古典音樂會的季節，但我的工作壓力如山，根本無暇去欣賞音樂會。

4
新曲がリリースされても、音楽を楽しむどころではない、仕事に追われている。

新歌的發行對於我們這些忙於工作的人來說，雖然重要，但欣賞音樂已經不再是我們的首要任務。

5
ライブコンサートが開催されているが、観覧どころではない、新曲の制作に忙しい。

雖然有現場音樂會在舉行，但對我們這些忙於創作新曲的人來說，抽出時間去觀賞音樂會是件奢侈的事。

～とはかぎらない

也不一定…、未必…

類義表現

～ものではない

不是…的

接續方法 {[名詞・形容詞・形容動詞・動詞] 普通形}＋とは限らない

1 **【部分否定】** 用於表達事情並不絕對如此，仍存在例外或其他可能性，如例(1)。

2 〖**必ず～とはかぎらない**〗 有時候會與句型「からといって」或副詞「必ず、必ずしも、どれでも、どこでも、何でも、全て、いつも、常に」一起使用，表示某些情況下不一定會如預期般發生，如例(2)～(5)。

例文

1

有名な画家の作品だとは限らない。時には無名の才能が驚くべき作品を描くこともある。

並非唯有名家大師的手筆，有時候無名小卒的創作也能描繪出令人驚艷的畫作。

2

評論家の意見が必ずしも正しいとは限らない。

評論家的見解未必就是鐵定的真理。

3

有名な俳優が常に幸せだとは限らない。

眾所皆知的明星未必就全然快樂。

4

歴史に詳しいからといって、全ての時代を熟知しているとは限らない。

即使歷史知識淵博，也未必對每個時期都能瞭若指掌。

5

翻訳された文学作品が何でも原著の魅力を伝えるとは限らない。

並非所有的譯本都能完美地傳達出原著的魅力。

〜ないうちに

在未…之前，…、趁沒…

接續方法 {動詞否定形}＋ないうちに
【期間】 表達在某種狀態或條件尚未改變之前，就進行另一個動作或情況。

例文

1
展覧会が始まらないうちに、人々が列を作り始めた。

展覽會尚未揭開序幕，人們便已經開始蜂擁而至。

2
その演劇団に加入して2年も経たないうちに彼は主役に抜擢された。

加入劇團未滿兩年，他已脫穎而出成為主角。

3
映画が終わらないうちに、彼はすでに感想を SNS に投稿していた。

電影尚未走入尾聲，他已經在社交網路上分享了自己的心得感想。

4
新曲がリリースされないうちに、ファンはすでに歌詞を覚えていた。

新歌未曾正式問世，粉絲們便已將歌詞記得滾瓜爛熟。

5
話題のドラマが放送されないうちに、放送局はすでに次回の予告を発表していた。

在熱門電視劇播出之前，電視台已經揭示了下一集的精彩預告。

～ないかぎり

除非…，否則就…、只要不…，就…

接續方法 {動詞否定形}＋ないかぎり

【無變化】 表達只要某種狀態不發生變化，結果就會保持不變，如例(1)～(4)。但同時也含有一種可能性，即如果滿足前面的條件，結果也可能隨之改變，如例(5)。

例文

1

この美術館は予約がないかぎり、入場できません。

未經預約，這座美術館便無法進入。

2

主演の山田さんが合意しないかぎり、この劇は上演されない。

只有在山田主演的同意下，這部劇才會上演。

3

各出版社の協力が得られないかぎり、この文学祭を開催することは難しい。

缺乏各出版社的支援，舉辦此次文學節便面臨重重困難。

4

批判を受け入れないかぎり、創作の進歩は難しい。

只有願意接受批評，創作進步的步伐才會疾速前進。

5

ゲームに没頭しすぎないかぎり、健康に問題はない。

只要能控制遊戲的沉迷程度，就不會影響健康。

Practice・5

| 問題一 | 次の文の（　　）に入る最も適当な言葉を１・２・３・４から選びなさい。 |

1 ビッグマッチの準備をしている（　　）、友人たちが応援に駆けつけて来た。

　1．ところに　　　2．どころか　　　3．場面に　　　　4．場面を

2 スポーツの世界では、若ければ必ず体力がある（　　）、経験と知識が重要な役割を果たすことも見逃せません。

　1．どころではなく　　　　　　　2．というはずではなく
　3．というものでもなく　　　　　4．というほかでもなく

3 サッカー（　　）まずペレやマラドーナを思い出します。

　1．にかんして　　　　　　　　　2．にかけては
　3．というと　　　　　　　　　　4．のような

4 この地図（　　）行けば、スタジアムはすぐ見つかるはずです。

　1．にこたえて　　　2．のとおりに　　　3．にして　　　　4．のような

5 天気予報によると、来週、大型の台風が競技場地域に影響を与える（　　）。

　1．わけがない　　　　　　　　　2．ということだ
　3．ことになっている　　　　　　4．のです

6 彼はサッカーコーチである（　　）、一流のスポーツ解説者でもある。

　1．とのことで　　　2．というのに　　　3．とともに　　　4．といっしょに

7 もし新しいスポーツを習得する（　　）、どのスポーツを選びますか。

1．かぎりは　　　2．としたら　　　3．ばかりか　　　4．ので

8 私たちは地区のサッカーチームの代表（　　）試合に出席しました。

1．ときに　　　　2．として　　　　3．とって　　　　4．とり

9 ノーベル賞受賞者（　　）、彼は科学の重要性を全世界に訴え続けています。

1．よって　　　　2．そって　　　　3．として　　　　4．おいて

10 彼は地元のボクシングクラブの代表（　　）国際トーナメントに出場した。

1．とかわり　　　2．とうちに　　　3．として　　　　4．とおうじて

11 トレーナーの指導する（　　）エクササイズを行ってください。

1．とたんに　　　2．うちに　　　3．ところに　　　4．とおりに

12 この問題は資源が不足している（　　）、管理と分配の問題である。

1．とおりに　　　2．というより　　　3．といって　　　4．として

13 マラソンレースが毎週末にあり、休息日を確保する（　　）。

1．わけではない　　　　　　　2．ものではない

3．ようではないか　　　　　　4．どころではない

文を完成させなさい。

1 （　　　　　　　　　　　　　　　　）ところへ、急に
（　　　　　　　　　　　　　　　　）。

2 （　　　　　　　　　　）としたら
（　　　　　　　　　　　　　　　）。

3 （　　　　　　　　　　　　　　　　　）ということだ。

4 （　　　　　　　　　　　　）というものではない。
（　　　　　　　　　　　　　　　）。

5 昨日、（　　　　　　）として（
　　　　　　　　　　　　　　　）。

～ないことには

要是不…、如果不…的話，就…

類義表現

～なければ、 ～ないと
如果不…的話

接續方法 {動詞否定形}＋ないことには

【條件】 用於表達「若不進行某項動作或某事件未發生，後續的結果則無法實現」的意思。後半句通常會使用具有否定意義的句子，多用來表達說話人的消極情緒。

例文

1
美術館の展覧会が成功するかどうかは、宣伝をしっかりやらないことには、わからない。

美術館展覽會的成功與否，若不做好宣傳推廣，便難以測知。

2
彼が演劇のチケットを持っているので、彼が来ないことには観劇ができません。

他握有戲劇的門票，若他缺席，我們便無法欣賞該場演出。

3
音楽に集中できないことには、上達することは難しいだろう。

若無法專注於音樂，提升技藝便會變得困難重重。

4
彼女がどうして役者を辞めたのか、いろいろ言われているけれど、本当の理由は本人に聞いてみないことにはわからない。

對於她為何選擇放棄演員生涯，眾說紛紜。然而，不詢問本人，真正的原因便永遠難以得知。

5
映画祭を開催したいんですが、適切な会場がないことには上映はできませんね。

儘管渴望舉辦一場電影節，但若無合適的場地，影片播放便無從談起。

〜ないではいられない

類義表現
〜ざるをえない 不得不…

不能不…、忍不住要…、不禁要…、不…不行、不由自主地…

接續方法 {動詞否定形}＋ないではいられない

1 **【強制】** 用於表達説話人無法控制內心的衝動，自然而然地產生做某事的想法，多用於口語，如例(1)〜(4)。

2 〔**第三人稱－らしい**〕 如果涉及第三人稱的感受時，句尾需加上「らしい、ようだ、のだ」等詞來表示，如例(5)。

例文

1
選手たちの熱い戦いを見ると、応援しないではいられない。
每當我目睹運動員們熾烈的比拼，我總會情不自禁地為他們打氣加油。

2
彼のスポーツに対する情熱を見ると、感銘を受けないではいられない。
見識到他對運動的深沉熱情，我無法不對他充滿敬仰。

3
彼女の勇敢なプレーを目撃したら、心が震わされないではいられない。
每次見證她在賽場上的無畏勇氣，我內心總會情不自禁地激蕩起來。

4
チームの連勝を見ると、将来の成功を期待しないではいられない。
看著我們的球隊一路勝利，我總忍不住滿心期待未來的輝煌。

5
新しいアニメが放送されると、彼は見ないではいられないらしい。
只要新的動畫一播出，他似乎總是無法抗拒不去觀看。

～ながら（も）

雖然…，但是…、儘管…、明明…卻…

類義表現
～のに、～つつも
卻…；雖然…

接續方法 {名詞；形容動詞詞幹；形容詞辭書形；動詞ます形}＋ながら（も）
【逆接】 用於連接兩個相互矛盾的事物，表示後者與前者的預期存在不同。

例文

1

しんじん
新人ながらも、彼はチームの中心選手になった。

他雖是新秀球員，卻已成為了球隊的磐石之核。

2

ねんれい たか
年齢が高いながらも、彼は依然として高い競技力を
たも
保っている。

他年事已高，然而競技水準仍在高峰之上，驕人不已。

3

かれ じみ
彼のスタイルは地味ながらも、実力を示すプレーが
せんしゅ
できる選手だ。

他的風格總是低調內斂，但卻是一位才華橫溢的運動獅。

4

たいりょく おと
体力が劣っていながらも、彼女は精神力で試合に勝
り
利した。

她雖然體力不足，卻以驚人的意志力贏得了比賽的勝利。

5

けが かか
怪我を抱えながらも、彼はチームの勝利に貢献した。

儘管帶傷上陣，他仍為球隊的勝利付出了無比的努力與奉獻。

～にあたって、にあたり

在…的時候、當…之時、當…之際

接續方法 {名詞;動詞辭書形}＋にあたって、にあたり

1 【時點】 用於表達某一行動已到達重要的階段或時點，具有複合格助詞的作用。通常出現在致詞或感謝信中，如例(1)～(4)。

2 〖積極態度〗 此句型通常用在新情況或任務即將開始的時候，傳達說話人對這一行動具有堅定的決心和積極的態度，如例(5)。

例文

1 新シーズンにあたって、選手たちにエールを送りたい。

新賽季的開幕在即，我們深懷對球員們的鼓舞與支持。

2 スポーツ大会参加にあたって、選手たちは様々な準備を行いました。

參與體育大會的選手們都做了全面且周詳的準備。

3 チーム結成にあたり、コーチの選定が重要である。

當我們組建團隊的那一刻，找尋最合適的教練成為了當務之急。

4 選手交流会を開催するにあたって、会場の手配が必要だ。

在籌劃運動員交流會的同時，場地的妥善安排顯得至關重要。

5 新たなダイエットプランを始めるにあたって、彼女は甘いものを完全に断つ決心を固めた。

當她開始新的減肥計畫，她堅定不移地決定完全戒掉甜食。

〜におうじて

根據…、按照…、隨著…

接續方法 {名詞}＋に応じて

1 【相應】用於表示「按照」或「根據」的含義。後項的變化是根據前項的情況而產生的，如例句(1)～(4)。

2 〖に応じたN〗 後接名詞時，形式變為「に応じたN」，如例句(5)。

例文

1

選手のパフォーマンスは体調に応じて変わるものだ。

運動員的表現與他們的身體狀況息息相關。

2

トレーニング強度は個人のレベルに応じて調整される。

基於個人能力的差異，訓練的強度需要做相應的調整。

3

選手の栄養摂取は、トレーニング内容に応じて変更すること。

運動員的營養攝取應隨著訓練需求作出適時的調整。

4

練習時間に応じて、選手のパフォーマンスが変わる。

選手的表現會因訓練時間的長短有所波動。

5

スポーツ大会では、参加者の年齢に応じた競技で競われる。

在體育大會中，參賽者會根據自身年齡參加相對應的比賽，競技之路因人而異。

～にかかわって、にかかわり、にかかわる

關於…、涉及…

類義表現

～にかんして
關於…

接續方法 {名詞}＋にかかわって、にかかわり、にかかわる

1 【關連】用於表示後面的事物受到前項影響或與前項有關聯，且這種影響具有重要性。「にかかわって」可以放在句中也可以放在句尾，如例句(1)～(3)。

2 〖前接受影響詞〗前面通常接如「評判、命、名誉、信用、存続」等表示受影響的名詞，如例句(4)、(5)。

例文

1
選手の健康にかかわるようなトレーニング方法は避けるべきだ。
我們應避免採取任何可能對運動員健康構成威脅的訓練方式。

2
運動訓練にかかわって３年、選手たちはとうとうオリンピック金メダルを獲得できた。
經過３年的激烈訓練，選手們終於能夠在奧運會上獲得金牌。

3
トレーニングの質と強度は、選手の競技能力にかかわります。
訓練的品質與強度，決定著選手的競技表現。

4
スポーツマンシップは競技者の評価にかかわる重要な要素だ。
體育精神是評價運動員素質的一個重要標準。

5
ドーピング問題は、スポーツ界の信用にかかわる大きな問題である。
興奮劑問題是與體育界誠信相關的一大重要議題。

～にかかわらず

無論…與否…、不管…都…、儘管…也…

接續方法 {名詞;[形容詞・動詞] 辭書形;[形容詞・動詞] 否定形}＋にかかわらず

1 **【無關】** 用於表示前項並不會阻礙後項的情況發生。用於接兩個表示對立的事物，顯示這些並不影響主要論點，常見的前接詞多為意義相反的二字熟語，或同一用言的肯定與否定形式，如例(1)～(4)。

2 〖**類語─にかかわりなく**〗「にかかわりなく」與「にかかわらず」意思、用法相同，表示「不管…都…」的意思，如例(5)。

例文

1
勝ち負けにかかわらず、選手は最後まで戦わなければならない。

不論最終結果為何，運動員都應該堅持不懈，奮戰到底。

2
年齢にかかわらず、運動に参加することで健康が向上する。

年齡不是參與運動的障礙，無論老少，運動對身體都有益。

3
プロ選手かアマチュアかにかかわらず、競技精神を持って試合に臨むべきだ。

無論專業或業餘，所有選手都應以競賽精神投入每場比賽。

4
好きか嫌いかにかかわらず、選手は必ず最後まで戦わなければならない。

喜歡與否並不重要，選手都必須堅持至最終一刻。

5
プロ選手であるか否かにかかわりなく、日々のトレーニングは必須だ。

無論你是職業還是業餘選手，每天的訓練都是必不可少的。

〜にかぎって、にかぎり

只有…、唯獨…是…的、獨獨…

接續方法 {名詞}＋に限って、に限り

1 【限定】「にかぎって」偏偏在那種情況下出現了不愉快的事，令人感到極度不滿，如例(1)～(3)；「にかぎり」用於表示特殊限定的事物或範疇，強調僅有某事物是特殊的，如例(4)。

2 〔否定形－にかぎらず〕「に限らず」為否定形，如例(5)。

例文

1
勝利に自信があると言う選手に限って、試合で負けることがある。

只有那些對勝利滿懷自信的運動員，才會在比賽中不敵對手。

2
重要な試合の日に限って、怪我をする選手がいる。運が悪いと感じることもある。

每當關鍵比賽日，總有選手不幸受傷，真是厄運連連。

3
決勝戦の日に限って、エース選手が病気になるとは、困ったものだ。

正值決賽當日，我們的頭號球員竟病倒了，讓人傷透腦筋。

4
オリンピックの観戦チケットは、本人確認できる場合に限り、再販が許されます。

只有在能驗證購票者身分的情況下，才會許可奧運會觀賽門票的再售。

5
この選手は、ホームゲームに限らず、アウェイでも素晴らしいパフォーマンスを発揮します。

這位選手的實力不僅在主場發揮得淋漓盡致，即使在客場亦能展現超凡的表現。

～にかけては

在…方面、關於…、在…這一點上

接續方法 {名詞} ＋にかけては

1 【話題】用來表示「其它姑且不論，僅就那特定項目或主題來說」的意思。後項常用來對他人的技能或能力進行正面評價。

2 〖誇耀、讚美〗也可以用來誇耀自己的能力或讚美他人的能力。

例文

1
田中さんは IT スキルにかけては、すばらしい能力を持っています。

在 IT 技能領域，田中先生的實力無庸置疑。

2
ロボット開発チームには多くのメンバーがいるが、AI 技術にかけては、あの研究者が一番だ。

儘管機器人開發團隊眾多，但在 AI 技術上，那位研究員無疑是最優秀的一位。

3
コンピューター速度にかけては、自信があったのですが、新型チップにはもう勝てません。

雖然對自己的電腦運算速度有信心，但已無法與新型芯片的速度相比。

4
AI 技術にかけては、我々の会社が業界で一番だ。

在 AI 技術領域，我們公司在業界中堪稱一絕。

5
新製品の開発にかけては、彼の右に出るものはいない。

在新產品的開發上，他的實力無人能比。

〜にこたえて、にこたえ、にこたえる

應…、響應…、回答、回應

接續方法 {名詞}＋にこたえて、にこたえ、にこたえる

【對象】 接在「期待、要求、意見、好意」等名詞後面，表示為了達成前項所述的目標，後項是採取相對應的行動或措施。換句話說，就是回應這些期望，並努力實現它們。

例文

1

じかい せつめいかい
次回の説明会では、AI が要望にこたえます。
ようぼう

在接下來的説明會中，AI 將針對需求提供相應的回應。

2

かがくしゃ せかい きたい あたら ぎ
科学者たちは、世界の期待にこたえて、新しい AI 技
じゅつ はっぴょう
術を発表した。

科學家們為了回應全球的矚目與期待，揭露了全新的 AI 技術。

3

ぎじゅつしゃ しょうひしゃ ようきゅう こうそく
技術者たちは、消費者の要求にこたえ、高速チップ
せいぞう
を製造した。

為了滿足消費者的需求，技術團隊研發出了高速處理的晶片。

4

ないかく こくみん きたい もと
内閣は国民の期待にこたえる AI を求めます。

内閣期望 AI 能達成並回應國民的期望與需求。

5

こくみん きたい せいさく じつげん
AI は国民の期待にこたえる政策を実現します。

AI 將致力於實現符合國民期待的各項政策。

～にさいし（て／ては／ ての）

在…之際、當…的時候

接續方法〔名詞;動詞辭書形〕＋に際し（て/ては/ての）

【時點】 表示以某事為契機，也就是某事作為動作或事件的時間或場合的起點。
它具有複合詞的作用且多用於書面語。

例文

1
新製品発売に際し、多くの顧客の声を反映した設計
になっています。
在我們推出新產品時，採用了深度考慮顧客反饋的設計方案。

2
テスト実施に際して、安全に注意しなければならない。
在進行測試時，我們必須把安全性視為重要的考慮因素。

3
システムの更新に際しては、データのバックアップ
を忘れずに行ってください。
在進行系統更新時，切勿遺忘執行資料備份。

4
新たな機能を追加するに際しては、ユーザーの使い
やすさを重視しています。
在添加新功能時，我們非常重視用戶的使用體驗與便利性。

5
最新科学技術発展に際しての予測を科学技術フォー
ラムで説明した。
我在科技論壇上展現了對未來科技發展的洞見與預測。

～にさきだち、にさきだつ、にさきだって

在…之前，先…、預先…、事先…

類義表現

～おり（に）
值此…之際

接續方法 {名詞;動詞辭書形}＋に先立ち、に先立つ、に先立って

1 【前後關係】用來描述在進行某一重大工作或動作前應做的事情。後項為在做前項之前進行的準備或預告。此句型常見於描述在進入主題或重大事件之前，需要進行的某種附加程序之時，如例(1)～(4)。

2 〔強調順序〕「にさきだち」強調事物發生的順序，而與其相似的句型「にあたって」則強調事物發生的狀態。如例(5)。

例文

1 新製品の発売に先立って、会社は大規模なマーケティングキャンペーンを開始しました。

在新產品公開上市之前，我們的公司已經啟動了大規模的市場宣傳活動。

2 システム導入に先立って、従業員のトレーニングを実施しました。

在新系統正式運行之前，我們已為員工進行了充分的培訓。

3 特許出願に先立って、十分な調査が必要です。

在提交專利申請之前，我們需要進行深入且全面的研究與調查。

4 利益発表に先立ち、会社の株価が上昇しています。

公司盈利報告發布前夕，股票價格已然看漲。

5 新製品の発表に先立ち、プレスリリースを公開しました。

在新產品的發布之前，我們已提前發布了相關的新聞稿以營造期待。

N3 文法「溫」一下！

★ 精選 N2 考題中，常考的 N3 文法，復習一下吧！

～ないこともない、ないことはない　／並不是不…、不是不…

彼女は病気がちだが、出かけられないこともない。

她雖然多病，但並不是不能出門的。

～など　　　　　　　　　　　　　　　／怎麼會…、才（不）…

そんな馬鹿なことなど、信じるもんか。

我才不相信那麼扯的事呢！

～なんか、なんて　　　　　　／…等等、…那一類的、…什麼的

庭に、芝生なんかあるといいですね。

如果庭院有個草坪之類的東西就好了。

～において、においては、においても、における／在…、在…時候、在…方面

我が社においては、有能な社員はどんどん出世します。

在本公司，有才能的職員都會順利升遷的。

～に関して（は）、に関しても、に関する　／關於…、關於…的…

フランスの絵画に関して、研究しようと思います。

我想研究法國畫。

～にきまっている　　　　　　　　　／肯定是…、一定是…

今ごろ東北は、紅葉が美しいにきまっている。

現在東北的楓葉一定很漂亮的。

～に比べて、に比べ ／與…相比、跟…比較起來、比較…

今年は去年に比べ、雨の量が多い。

今年比去年雨量豐沛。

～に加えて、に加え ／而且…、加上…、添加…

書道に加えて、華道も習っている。

學習書法以外，也學習插花。

MEMO

Practice · 6

問題一　次の文の（　　）に入る最も適当な言葉を１・２・３・４から選びなさい。

1　技術が進化するに（　　）、古いデバイスやシステムは徐々に忘れられていきます。
1．ときに　　　　2．したがい　　3．よると　　　4．おいて

2　このテック企業は、新進気鋭の若手エンジニア（　　）40歳以上のベテランまで採用しています。
1．にかぎり　　　2．にかぎる　　3．にかぎらず　4．にかぎって

3　先進的なAI技術は、その初期開発段階（　　）進化し続けています。
1．にくらべて　　2．において　　3．によって　　4．におうじて

4　創業者（　　）その息子が新しいCEOに就任しました。
1．にくらべ　　　2．につれて　　3．にかわり　　4．について

5　エネルギーの節約には、LED電球（　　）ね。
1．なかぎり　　　2．にかぎる　　3．のかぎり　　4．にかぎらず

6　製品発表会（　　）、CEOからの挨拶が予定されています。
1．ついでに　　　2．にあたり　　3．にまでに　　4．つつに

7　このソフトウェアアップデート（　　）、何かご質問はありませんか。
1．になど　　　　2．に中心に　　3．に関して　　4．において

8 休職中のチームリーダー（　　）私が代理を務めました。

1. により　　　　2. に関して　　　3. に限り　　　4. にかわり

9 疲労を感じている（　　）、真面目な技術者たちは新製品の開発を止めることはありませんでした。

1. にもかかわらず　　　　　　2. によって

3. から　　　　　　　　　　　4. として

10 確かにこのコーディングテストは難易度が高いが、頑張ればパスできない（　　）。

1. ことではない　　　　　　　2. ことはない

3. ほかはない　　　　　　　　4. にちがいない

11 このシンプルなプログラミングタスク（　　）だれでもできます。

1. なか　　　　　2. なぜ　　　3. など　　　　4. なに

12 彼はAI技術に関する知識（　　）誰にも負けません。

1. にかけては　　　　　　　　2. によっては

3. してみれば　　　　　　　　4. にたいしては

13 海外で起業する（　　）何を準備すればいいですか。

1. についで　　　2. につけ　　3. に際して　　4. における

14 ハッカソン開始に（　　）まずルールを説明します。

1. 先立ち　　　　2. ところ　　3. 際　　　　4. おいて

15 新製品発表会は本社ビル（　　）行われます。

1. のうえで　　　2. ところに　　3. につけ　　4. において

1 （　　　　　　　　　　　　　　　　　　　　　　　） な
いことはない。

2 （　　　　　　　） に加えて （　　　　　　　　　　　　）。

3 （　　　　　　　） にかぎらず （　　　　　　　　　　）。

4 （　　　　　　　　　　） に応じて （　　　　　　　　）。

5 （　　　　　　　　　　） にもかかわらず （　　　　　）。

6 （　　　　　　　　　） に際して （　　　　　　　　）。

7 （　　　　　　　） は （　　　　　） において （　　　　　）。

8 （　　　　　　　　　　　　　　　　　　） ないことはない。

9 （　　　　　　　） に比べて （　　　　　　　　　　）。

10 （　　　　　　　） に先立ち （　　　　　　　　　　）。

11 （　　　　　　　　　　） に関して （　　　　　　　　）。

12 （　　　　　　　） ないことには （　　　　　　　　）。

～にしたがって、にしたがい

1.隨著…，逐漸…；2.依照…、按照…、隨著…

接續方法 {名詞;動詞辭書形}＋にしたがって、にしたがい

1 【跟隨】表示隨著前項的變化，後項相應地發生變化，如例(1)～(3)。

2 【基準】當句型前接表示人、規則、指示、根據、基準等的名詞時，表示依照或按照的意思。後項常常描述對方的指示、忠告或者自己的意志，如例(4)、(5)。

例文

1
技術進歩にしたがって、社会の生活様式も変化している。

科技的進步引領著社會生活模式的轉變。

2
新技術の導入に従い、プロジェクトの計画を見直す必要がある。

隨著新技術的導入，我們需要重新檢視與調整專案計畫。

3
AI の発展にしたがい、自動運転車の技術も日々進歩している。

AI 技術的蓬勃發展，推動著自動駕駛汽車技術的持續進步。

4
企業の目標にしたがって、新たなビジネスモデルを採用するよう指示されている。

根據公司的目標與策略，我們已被指示轉換至新的商業模式。

5
需要と供給のバランスにしたがって、製品価格が調整されることがある。

考慮需求與供應的均衡，我們可能會調整產品的價格策略。

～にしたら、にすれば、にしてみたら、にしてみれば

對…來說、對…而言

類義表現
～にとって（は／も）
對於…來說

接續方法 {名詞}＋にしたら、にすれば、にしてみたら、にしてみれば

1 **【觀點】** 當句型前接人物時，表示從這個人物的角度對後項的事物提出觀點、評價或感受，如例(1)～(3)。

2 〖**人＋にしたら＋推量詞**〗 前項一般接表示人的名詞，後項常接「可能、大概」等的推量詞，如例(4)、(5)。

例文

1
最新のロボットにしたら、複雑な手術も簡単にこなせる。

從最新的機器人技術的角度來看，它能輕易操控並完成複雜的手術。

2
ユーザーにすれば、スマートフォンの電池の持ちがいいのは重要だ。

以使用者的視角來看，智能手機的電池續航力實為關鍵。

3
ネットユーザーにしてみれば、プライバシーの保護は大切な問題だ。

從網路使用者的立場出發，隱私保護無疑是一個重大的議題。

4
自動運転車の開発者にしてみたら、まだ解決すべき課題が多いようだ。

觀自動駕駛汽車的開發者角度來看，似乎還有許多問題待解。

5
テクノロジー業界の人にしたら、新しいAI技術がすぐに市場を席巻するなんて考えられないだろう。

對科技界的人士而言，新的AI技術能迅速佔領市場的情況，可能是難以想像的。

〜にしろ

無論…都…、就算…，也…、即使…，也…

類義表現
〜にせよ 即使…

接續方法 {名詞；形容動詞詞幹；[形容詞・動詞] 普通形}＋にしろ

1 【無關】 表示逆接條件，即即便承認前項的事實，但在後項中提出與前項相反或相矛盾的見解。常與副詞「いくら、仮に」一起使用，是「にしても」的正式書面語。另一種説法是「にせよ」。

2 〖後接判斷等〗 此句型後接語者的判斷、評價、主張、否認、責備等表達方式。

例文

1

経済の好調にしろ、格差の問題は依然として深刻だ。

儘管經濟蓬勃，社會的貧富差異問題卻仍然嚴重。

2

いくら忙しいにしろ、データのバックアップは定期的に取るべきだ。

無論多麼忙碌，我們也應定期進行資料的備份。

3

いくら有能にしろ、新しい技術を学ぶことに適応する姿勢が必要だ。

不論你擁有何等才能，都應持開放的心態去學習新技術。

4

AI が進化したにしろ、人間の判断力と経験を置き換えることはできません。

即便 AI 的發展驚人，但它仍然無法取代人類的洞察力和經驗。

5

仮想通貨の価値が高騰したにしろ、そのリスクをきちんと理解していなければ投資することはできません。

雖然加密貨幣的價值正在上揚，但如果不對其風險有所了解，則不應進行投資。

～にすぎない

只是…、只不過…、不過是…而已、僅僅是…

接續方法 {名詞;形容動詞詞幹である;[形容詞・動詞] 普通形}＋にすぎない

【限定】 這個表達用於強調某事物或情況的程度不超過某一點，即「僅僅是…」，強調其程度之低。

例文

1

彼の優勝は、このチームが強いことの一例にすぎない。

他的輝煌戰績不過是整個團隊強盛的一例而已。

2

彼の評価はただ単に人気が高いにすぎない。実績があるわけではない。

他的評價僅僅來源於人氣的高漲，並非建立在實際的功績之上。

3

彼が優勝したのは、ただ運が良かったにすぎない。

他獲得冠軍只是純粹運氣好。

4

彼女が料理がうまいのは、ただ味覚が敏感なだけにすぎない。

她的烹飪技巧，僅源於她敏鋭的味覺。

5

昨晩はただ寝不足であったにすぎない。病気ではない。

昨晚我只是睡眠不佳，並非真的身體有疾病。

～にせよ、にもせよ

無論…都…、就算…，也…、即使…，也…、…也好…也好

接続方法 {名詞;形容動詞詞幹である;[形容詞・動詞]普通形}+にせよ、にもせよ

1 【無關】表達儘管承認前面的情況，但在後面提出與之相反或矛盾的觀點。是「にしても」的更為正式的書面語。另一種説法是「にしろ」。

2 〔後接判斷等〕此句型後接語者的判斷、評價、主張、否認、責備等表達方式。

例文〉

1

オリンピックの金メダル一つにせよ、その獲得には長い期間の厳しい訓練が必要だ。

就算只是奧運會的一枚金牌，要想獲得它都需要長時間的嚴苛訓練。

2

いくらずうずうしいにせよ、チームメイトのプレイ時間を勝手に決めることはできない。

無論你臉皮有多厚，仍無權隨意決定隊友的比賽時間。

3

体調が良くないにせよ、定期的な運動は続けるべきだ。

即使身體狀況欠佳，規律運動仍不可輕忽。

4

スポーツドリンク一本にもせよ、運動後は補給が必要だ。

就算只是一瓶運動飲料，運動後的補充仍是必要之事。

5

筋トレ10分にもせよ、毎日の習慣が重要だ。

僅僅10分鐘的肌肉鍛鍊，若成為日常習慣，其價值同樣不容忽視。

～にそういない

一定是…、肯定是…

> **接續方法** {名詞；形容動詞詞幹；[形容詞・動詞]普通形}＋に相違ない
> **【判斷】** 表示說話人根據經驗或直覺，做出極度確定的判斷。相對於「だろう」，其確定程度更高。意義上與「に違いない」相同，但「に相違ない」較為書面語。

例文

1
彼の口から出てくる話は、真実に相違ない。

他口中所說的話毫無疑義，必然是真實的。

2
この地域の空気汚染は、酷いに相違ない。

該地區的空氣污染狀況必定是駭人的。

3
都市生活の交通渋滞は、困難に相違ない。

在城市生活中，交通塞車問題確實是難以完全解決的。

4
新型エコカーが節約するエネルギーは、著しいに相違ない。

新型環保汽車所節省的能源絕對是劃時代的。

5
天気予報がそうとう外れてしまったに相違ない。

天氣預報的準確度顯然是出現了偏差。

～にそって、にそい、にそう、にそった

1. 沿著…、順著…；2. 按照…

類義表現

～にしたがって
按照…

接續方法 {名詞}＋に沿って、に沿い、に沿う、に沿った

1 【順著】 接在河川或道路等長長延續的事物後，表示沿著該河流、街道等進行，如例(1)。
2 【基準】 表示按照某個程序、方針進行，即前項提出一個基準性的想法或計畫，意為為了遵守或符合該基準，如例(2)～(5)。

例文

1
公園の道に沿って、新たな緑地帯が広がっている。

沿著公園的道路，新的綠地正在擴建。

2
現代の生活スタイルに沿って、健康食品や運動器具などの需要が増えている。

隨著現代生活節奏的轉變，對於健康食品和運動器材等的需求亦逐漸攀升。

3
計画に沿い、新しい公共交通システムの建設が進行中だ。

按照預定藍圖，新的公共交通系統的建設正如火如荼地展開。

4
政策に沿うインフラの改善が進んでいる。

依照政策規劃，基礎建設的優化進程正在穩步推進。

5
最近は家電製品も省エネにそった製品が多く、環境にやさしい生活が広まっている。

近年來，節能家電的種類愈發豐富，環保生活也逐漸成為社會主流的倡議。

～につけ（て）、につけ ても

1. 一…就…、每當…就…；2. 不管…或是…

接續方法 {[形容詞・動詞] 辭書形}＋につけ（て）、につけても

1 **【關連】** 表示每當出現前項的情況時，總會引發出後項的結論或情緒。後項通常為自然產生的感情或狀態，不接表示意志的詞語。常與「聞く、見る、考える」等動詞搭配使用，如例(1)～(4)。

2 **【無關】** 在「につけ～につけ」的形式中，兩個「につけ」前面需要接相對應或對立的詞語，表示「無論何種情況都…」的意思，如例(5)。

例文〉

1 彼の肌のきめ細かさを見るにつけ、健康的な生活を送っていることがわかる。

只要一瞥他那細緻的肌膚，便不難聯想出他過著一種充滿健康的生活方式。

2 彼女がベジタリアンであることを聞くにつけ、自分も健康的な食生活を心掛けようと思った。

每次聽到她是素食主義者，我便會有濃厚的興趣去關注更健康的飲食生活。

3 新しい趣味を見つけるにつけて、生活に刺激が生まれる。

每一次新興趣的探索，都為生活注入了無窮的活力與刺激。

4 何事につけても、エコロジーと環境保護の意識が必要だ。

無論做什麼事情，我們都需要植入生態保護與環境維護的意識。

5 仕事をするにつけ、休むにつけ、生活のバランスを保つことの難しさを痛感します。

無論在工作還是休息，我都深深感受到保持生活平衡的艱難。

〜にて、でもって

1. …為止；2. 以…、用…；3. 用…；因…

(接續方法) {名詞}＋にて、でもって

1 【時點】「にて」相當於「で」，可以表示時間、年齡或地點，如例(1)、(2)。

2 【手段】也可用來表示手段、方法、原因、限度、資格或指示詞，有宣布、告知的意思。其語氣較為強烈，如例(3)、(4)。

3 【強調手段】「でもって」是由格助詞「で」和「もって」所構成，用於強化「で」的意義，表示方法、手段或原因，主要用於書面語，如例(5)。

(例文)

1
旅先にて、滞在先のホテルにチェックインすることになります。
抵達旅行目的地後，我們將在住宿酒店辦理入住手續。

2
これにて、今日のエクササイズを終わります。
今天的鍛鍊到此結束了。

3
ご注文いただいた商品は、インターネットにてご購入いただけます。
你可以透過網路購買所需的商品。

4
メールにて、彼女との日常生活を共有しています。
我透過電子郵件與她分享日常生活。

5
現代生活では、スマートフォンでもって、さまざまな情報を取得することが可能になりました。
在現代生活中，利用智能手機，我們能夠輕易獲取各種信息。

～にほかならない

完全是…、不外乎是…、其實是…、無非是…

接續方法 {名詞}＋にほかならない

1 **【主張】** 用於確定某事件發生的理由或原因，強調説話人的確定認知，主張「除此之外，沒有其他」。即「それ以外のなにものでもない（僅僅是這個）」的意思，如例(1)～(4)。

2 〖**ほかならぬ＋N**〗「ほかならぬ」修飾名詞，表示無法被其他人或事物替代的特別存在，如例(5)。

例文

1
音楽は、人生の楽しみにほかならない。

音樂，本質上便是生活中的一道甜蜜療癒。

2
食べることは、生きる上で必要不可欠な喜びにほかならない。

食物的攝取，不僅是維生之需，更是生活中不可或缺的饗宴。

3
友人と過ごす時間は、幸せな時間にほかならない。

與朋友共度的每一刻，都是幸福的時刻。

4
旅行は、新たな発見や経験の場にほかならない。

旅行，實則是我們尋找並體驗新奇事物的寶藏之地。

5
ほかならぬ環境問題は、我々全員が真剣に対処すべき課題だ。

環境議題，乃是我們每個人都應當以嚴肅的態度來看待的命題。

〜にもかかわらず

雖然…，但是…、儘管…，卻…、雖然…，卻…

接續方法｛名詞；形容動詞詞幹；[形容詞・動詞] 普通形｝＋にもかかわらず

1 **【無關】** 表示逆接條件，即使前項事件的發生，後項的相反或矛盾的事態仍會發生。此外，它也可以作為連接詞使用。

2 〖**情感**〗表達說話人的驚訝、意外、不滿或責備的情感。

例文

1
雨にもかかわらず、コンサートは大盛況だった。

儘管豪雨如注，音樂會依然盛大展開。

2
寒いにもかかわらず、多くの市民が公園の清掃活動に参加した。

即使寒風凜冽，眾多市民仍積極參與了公園的清潔活動。

3
重大なプロジェクトの期限が迫っているにもかかわらず、一部のメンバーは未だに雑用に追われている。

縱使重大專案的截止期限逼近，卻仍有部分團隊成員糾纏在瑣碎事務中。

4
新商品が好評を博しているにもかかわらず、一部の店舗ではまだ在庫が溢れている。

新產品雖獲熱烈迴響，然部分商店的庫存依然龐大。

5
彼は耳が不自由というハンデがあるにもかかわらず、驚異的な音楽の才能を持っていることが判明した。

他雖有聽力之困，其音樂才華卻令人驚豔不已。

N3 文法「溫」一下！

★ 精選 N2 考題中，常考的 N3 文法，復習一下吧！

～にしたがって、にしたがい　　　　／伴隨…、隨著…

おみこしが近づくにしたがって、賑やかになってきた。

隨著神轎的接近，變得熱鬧起來了。

～に対して（は）、に対し、に対する　　／向…、對（於）…

この問題に対して、意見を述べてください。

請針對這問題提出意見。

～に違いない　　　　　　　　　　　／一定是…、准是…

この写真は、ハワイで撮影されたに違いない。

這張照片，肯定是在夏威夷拍的。

～について（は）、につき、についても、についての　／有關…、就…、關於…

江戸時代の商人についての物語を書きました。

撰寫了一個有關江戶時期商人的故事。

～につき　　　　　　　　　　　　　／因…、因為…

台風につき、学校は休みになります。

因為颱風，學校停課。

～につれて、につれ　　　　／伴隨…、隨著…、越…越…

一緒に活動するにつれて、みんな仲良くなりました。

隨著共同參與活動，大家感情變得很融洽。

～にとって（は）、にとっても、にとっての ／對於…來說

チームのメンバーにとって、今度の試合は重要です。

這次的比賽對球隊的球員而言，是很重要的。

～に伴って、に伴い、に伴う ／伴隨著…、隨著…

牧畜業が盛んになるに伴って、村は豊かになった。

伴隨著畜牧業的興盛，村子也繁榮起來了。

～に反して、に反し、に反する、に反した ／與…相反…

期待に反して、収穫量は少なかった。

與預期的相反，收穫量少很多。

MEMO

Practice・7

問題一　　次の文の（　　）に入る最も適当な言葉を1・2・3・4から選びなさい。

1　その美味しさは、一度味わったら忘れられない（　　）。

1．ことはない　　　　　　　　　2．にちがいない
3．やすい　　　　　　　　　　　4．っぽい

2　それはただの仮説に（　　）。証拠が絶対に必要だ。

1．がちだ　　　　2．しかない　　　3．すぎない　　　4．かぎる

3　新型ウイルスの大流行により予想された経済危機（　　）、この地域の中小企業は驚くほどの復活力を示している。

1．に反して　　　　　　　　　　2．にそって
3．にもとづいて　　　　　　　　4．によって

4　どんな過酷な環境に（　　）、人々の団結力と共感心は常に存在するものです。

1．せよ　　　　　　2．かぎり　　　3．では　　　　　4．なかに

5　健康的な生活習慣の普及（　　）、多くの人々が幸福感を覚えているようです。

1．にともなって　　　　　　　　2．にもとづいて
3．にこたえて　　　　　　　　　4．にそって

6　スーパーマーケットでは、赤いシールの商品（　　）50％の値引きが適用されます。

1．にとっては　　　　　　　　　2．によっては
3．においては　　　　　　　　　4．にたいしては

7 レストランの内装を見る（　　）訪れた場所のことを思い出します。

1. ところへ　　2. につけ　　3. ところ　　4. における

| 問題二 | **文を完成させなさい。** |

1 （　　　　　　　）にとって（　　　　　　　　　　）。

2 （　　　　　　）に伴い、（　　　　　　　　　　　　　）。

3 （　　　　　　）について（　　　　　　　）。

4 （　　　　　　）につれて（　　　　　　　）。

5 （　　　　　　）に反して（　　　　　　　　　　　）。

6 いくら（　　　　　　）にしろ、（　　　　　　　　　　）。

～ぬきで、ぬきに、ぬきの、ぬきには、ぬきでは

1.省去…、沒有…；3.如果沒有…（就無法…）、沒有…的話

---

1 **【非附帶狀態】** {名詞}＋抜きで、抜きに、抜きの。表示去除或省略掉一般情況下應有的部分，如例(1)。

2 〖**名詞修飾**〗當後接名詞時，使用「抜きの＋名詞」的形式，如例(2)。

3 **【必要條件】** {名詞}＋抜きには、抜きでは。用於表示「如果沒有…，則無法…」的意思，如例(3)～(5)。

例文〉

1
パリのファッションウィークでは、今回は観客を招待せず、オンラインで開催することになり、招待状ぬきで、注目を集めています。
在巴黎時裝週上，創新地選擇在線上進行而非現場邀請觀眾，這種獨特的無邀請函形式引發了公眾的廣泛關注。

2
喫茶店では、今後は税金やサービス料ぬきの価格表示を義務化することが検討されています。
咖啡廳正考慮將税金和服務費單獨列出，而非包含在總價內，將其視作一種營運之義務。

3
このライブイベントは、主要アーティスト抜きにはできないよ。
這場音樂盛事若缺少主打藝人，則活動的魅力大減。

4
低炭水化物ダイエット抜きでは、健康的な体重管理はうまくいきませんよ。
健康的體重管理如無低碳水化合物的飲食配合，便難以順利進行。

5
消費者にとって、健康面を考慮した食品選びは重要です。栄養成分ぬきでは、食品選びが難しいという声もあります。
對消費者來説，選擇食物時的健康考量至關重要。因此有人認為，若缺乏營養成分資訊，選擇健康飲食將變得艱難。

～ぬく

1.穿越、超越；2.…做到底

類義表現

～とおす
做…做到底

接續方法 {動詞ます形}＋抜く

1 【穿越】 表達超越或穿越的意義，如例(1)、(2)。
2 【行為的意圖】 表達將需要做的事情徹底完成，即使這可能需要經歷一些痛苦，如例(3)～(5)。

例文

1
シングルチャートのトップ５に近づいた時点で、彼の曲は競争相手を追い抜いて、１位になった。
當接近單曲榜前５名之際，他的歌曲勇壓群雄，封為榜首。

2
その映画の衝撃的なプロットは、観客の心を撃ち抜いて、話題となった。
該部電影以其驚心動魄的情節撼動觀眾之心，引發熱烈討論。

3
彼女は映画の役柄を研究しぬいて、完璧な演技を披露しました。
她對電影角色的深入研究，成就了她的精湛表演。

4
人気バンドは新曲のアレンジを練りぬいて、ファンにサプライズを届けた。
那支熱門樂團巧妙地編織了新曲，給粉絲帶來驚喜之感。

5
有名な俳優は役作りのために、キャラクターの背景を調べぬいた。
為了塑造角色，該知名演員對角色背景進行了深度挖掘。

〜ねばならない、ねばならぬ

必須…、不能不…

類義表現

〜なければならない
必須…

接續方法 {動詞否定形}＋ねばならない、ねばならぬ

1 **【義務】** 表達有責任或義務去做某事，常用在表示社會道德或責任感的情況下，如例(1)～(4)。

2 〖**文言**〗「ねばならぬ」的語氣比「ねばならない」更生硬，更有文言文的感覺，如例(5)。

例文

1
コンサートのチケットを買う前に、日程を確認せねばならない。

在購得音樂會門票前，請確保日期無誤。

2
舞台上では、様々なパフォーマンスで、観客にとって魅力的な体験を提供せねばならない。

舞台上，我們需透過各種精彩獨特的表演，來帶給觀眾魅力四溢的體驗。

3
音楽業界では、競争が激しい。だからこそ、自己を進化させ、スキルを磨き続けねばならない。

在音樂行業的激烈競爭中，我們必須積極提升自身技藝。

4
新型ウイルスの感染が拡大しているので、マスクをつけねばならない。

面對新型病毒的蔓延，我們必須謹慎戴上口罩。

5
エンターテイメントの世界では、クリエイティブな誓約は必ず守らねばならぬ。

在娛樂世界裡，我們必須恪守對創新的承諾。

〜のうえでは

…上

接續方法 {名詞}＋の上では

【情報源】 表示「從某個角度或在某種情況下看來是…」的含義。

例文

1
えいがさんぎょう うえ
映画産業の上では、非暴力的な内容が好ましいとされていますが、
しかくてき あざ
視覚的に鮮やかなアクション映画の人気は否応なく存在しています。

在電影界，儘管以非暴力內容優先，動作片仍驚艷眾人，吸引了眾多觀眾。

2
おんがくかい うえ あら おんがく きょう
音楽界の上では、新たな音楽フェスティバルが今日
かいし なつ おとず かん
開始し、夏の訪れを感じさせます。

在音樂界中，隨著今日新音樂節的揭幕，彷彿預示著夏日的來臨。

3
こうぎょうしゅうにゅう うえ えいが しゅうえき かいふくけいこう
興行収入の上では、映画の収益は回復傾向にありますが、
かんきゃくまんぞくど こうじょう よち みう
観客満足度についてはまだ向上の余地が見受けられます。

談到票房收入，雖然電影的利潤正在穩步回升，但我們仍需要在提升觀眾
的滿意度上鑽研，期待有更大的突破。

4
せい うえ かれ おんがく そんけい てん おお
アーティスト性の上では、彼の音楽には尊敬すべき点が多いです
こじん かれ たい ひょうか かなら たか い
が、個人としての彼に対する評価は必ずしも高いとは言えません。

在藝術的觀點下，他的音樂無疑有許多讓人讚歎的特色，然而，對他個人
的高度評價卻並非人人皆然。

5
うえ えいが いっけんちか み
スクリーンの上では、映画のスターたちは一見近くに見え
げんじつ かれ せっしょく げんていてき
ますが、現実のハリウッドでは彼らとの接触は限定的です。

在大銀幕的幻影中，電影明星們似乎觸手可及，然而，在現實的好萊塢，我
們與他們的接觸卻仍然在遙不可及之間。

〜のみならず

不僅…，也…、不僅…，而且…、非但…，尚且…

接續方法 {名詞；形容動詞詞幹である；[形容詞・動詞]普通形}＋のみならず

1 【附加】表達不僅僅是前述情況，還包括更深層次或更廣泛的後述情況。

2 〔のみならず〜も〕後述部分常常會用「も、まで、さえ」等詞語來連接。

例文

1

話題の俳優は映画出演のみならず、舞台でも活躍している。

這位受矚目演員不只在銀幕上表演生動，也在舞台上盡展才華。

2

その音楽グループは日本のみならず、海外でも人気が高まっている。

這支音樂組合的影響力不僅籠罩日本，甚至在海外也漸成風潮。

3

この音楽フェスティバルは楽しいのみならず、文化的にも豊かだ。

這場音樂節充滿樂趣之餘，文化底蘊亦十分深厚。

4

この映画は感動的であるのみならず、視覚的まで魅力的だ。

這部電影情感深刻，其視覺效果更是令人驚艷。

5

新しいアニメーション映画は子ども達を楽しませるのみならず、大人さえも引きつける魅力がある。

新推出的動畫電影，不只讓小朋友留連忘返，同樣擁有吸引成人的魅力。

〜のもとで、のもとに

1. 在…之下 2. 在…（範圍）之下

類義表現
〜ふまえて
在…基礎上

接續方法 {名詞}＋のもとで、のもとに

1 【前提】 表示在某種影響或情況的前提下，發生後述的事情，如例(1)。

2 【基準】 表示在某個人或事物的影響範圍下，或在某條件的限制下進行某個行為，如例(2)～(4)。

3 〖命運〗 「星の下に生まれる」表示「命中注定」或「生命的既定路徑」的意思，如例(5)。

例文

1

新作映画公開の約束のもとに、ファンたちは待ち遠しい気持ちでいっぱいだ。

在新電影公映的承諾之下，影迷們心懷期待之情洋溢。

2

有名な監督のもとで、俳優たちは素晴らしい演技を披露した。

在知名導演的巧妙引導下，演員們各自綻放出炫目光彩。

3

人気歌手のコンサートは熱狂的なファンのもとで、大成功を収めた。

得益於狂烈粉絲的熱情支持，人氣歌手的音樂會成就了其輝煌的事業巔峰。

4

音楽のもとに、彼女のダンスが輝いています。

她的舞蹈在音樂的映襯下，閃爍著令人迷醉的光芒。

5

彼は演劇の星の下に生まれ、その才能は幼少期から明らかでした。

他生於戲劇之星，其非凡的才華自幼便如明珠燦爛於世。

～のももっともだ、のはもっともだ

也是應該的、也不是沒有道理的

接續方法 {形容動詞詞幹な;[形容詞・動詞] 普通形}＋のももっともだ、のはもっともだ

【推論】 表示基於前述的事情，可以合理地推斷出後面的結果，顯示該結果是合理且可接受的。

例文

1
彼は経済政策に精通しているが、彼が経済学者であることを考えれば、その理解力が高いのももっともだ。

他既然是經濟學者，對經濟政策的深入瞭解自然是意料之中的事。

2
経済政策についての彼の見解が鋭いのは、多年にわたる政治経験を持つ彼だからで、その分析が上手なのももっともだ。

他的經濟政策觀點獨到，擁有多年政治經驗，其卓越的分析能力實屬必然。

3
経済の回復が遅いことに皆不安を感じるのももっともだ。

面對經濟恢復的龜速步調，大家感到不安，無疑是正常的反應。

4
気候変動が深刻化し、地球環境に対する懸念が高まるのももっともだ。

氣候變化的日趨嚴重，讓人對地球環境的關注日增，這也是自然之理。

5
住宅費が高騰し、市民が不満を持つのももっともだ。

面對房價的驚人上揚，市民的怨聲載道也是情理之中的事。

〜ばかりだ

1. 一直…下去、越來越…；2. 只等…、只剩下…就好了

接續方法 {動詞辭書形}＋ばかりだ

1 【對比】 表示事態持續變化，通常指向著負面或不利的趨勢。常用來描繪情況持續惡化或行為持續在同一個不良狀態，如例(1)～(4)。

2 【限定】 表示事情幾乎已準備就緒，只差最後一個步驟或行為。常與「あとは、もう」等詞語一起使用，表示即將進入下一階段或完成最後步驟的狀態，如例(5)。

例文

1
社説では、現状のままでは、二国間の関係は悪化するばかりだと指摘し、改善策を提案しています。

在我們的社論中，明確指出如果當前情況持續下去，兩國關係只將進一步惡化，同時我們也提供了改進的方案。

2
社説では、経済状況が厳しさを増すばかりで、市民の生活が苦しくなる傾向について議論しています。

我們的社論探討了隨著經濟壓力的加劇，市民生活的困苦程度似乎日益加劇的情況。

3
社説では、苦しみの中で声をあげず、ただ泣くばかりの人々の問題に対する社会的支援について論じています。

在社論中，我們談及了那些身處困境，卻無法表達自己，只能無言淚下的人們，他們需要來自社會的援助。

4
社説では、他人の行動に対して文句を言うばかりで自己行動を起こさない人々の態度について問題提起を行っています。

社論裡，我們對那些只會對他人的行為吹毛求疵，卻不願意自我行動的人的態度，提出了質疑。

5
社説では、国民の生活改善に向けた政策が整っており、あとは実行するばかりだと述べています。

社論指明，改善國民生活的政策已經備足，現在唯一需要的就是實踐的步伐。

〜ばかりに

1. 就因為…、都是因為…，結果…；2. 就是因為想…

接續方法　{名詞である；形容動詞詞幹な；[形容詞・動詞]普通形}＋ばかりに

1 **【原因】**　表示由於前述的原因或事情，導致後續的不良結果或不良事件的發生。說話人通常表現出後悔或遺憾的情緒，如例(1)～(4)。口語中，也常用「ばっかりに」的表達方式。

2 **【願望】**　強調由於說話人的強烈願望，使得極端的行為或事件發生。後述部分常常表示必須付出巨大努力或必須做的事情，常用「たいばかりに」的表達方式，如例(5)。

例文

1
経済情勢が厳しかったばかりに、多くの企業が倒産を余儀なくされた。

正是因為經濟壓力嚴重，無數企業只得苦痛宣布破產。

2
社説では、はんこを忘れたばかりにパスポート受け取りに失敗した例を挙げ、行政手続きの簡素化を訴えています。

社說藉由一位因遺忘帶印章而無法取得護照的實例，強烈呼籲行政手續當簡單化。

3
社説では、汚染された魚を食べたばかりに起きた健康被害に言及し、食品安全の監視強化を訴えています。

社說點明，僅僅因為食用被污染的魚而產生的健康問題，已然揭示出我們對食品安全監控的迫切需要。

4
新型ウイルスの感染力が強烈なばかりに、全世界がパニックに陥っている。

新型病毒的傳染性之強，使全球陷入一片恐慌之中。

5
経済成長を追求したいばかりに、環境破壊が進んでいる。

正是由於對經濟成長的過度追求，才導致環境惡化的情況加劇。

〜はともかく（として）

姑且不管…、…先不管它

接續方法 {名詞}＋はともかく（として）

1 【除外】 表示在兩個議題中，將前述的議題暫時排除，先討論後述的議題。暗示後述的議題更為重要。

2 〔先考慮後項〕 表示儘管前述的議題也應被考慮，但在目前的狀況下，後述的議題需要優先被考慮。

例文

1

社説では、平日の緊張感はともかく、週末のリラクゼーションの必要性が強調されています。

社論中醒人深思，無論平日工作壓力如何沉重，週末的放鬆休息是必不可少的需求。

2

社説では、自身の視点はともかく、公衆の意見が重要と指摘しています。

社論明確指出，無論個人立場如何差異，公眾的意見仍然是決策的重要考量。

3

社説では、一部の問題はともかく、まず優先的に対処すべき課題に焦点を当てています。

社論表示，儘管一些問題存在，但更應以解決迫在眉睫的問題為首要之務。

4

社説では、外見はともかく、個人の性格が重要と論じています。

社論深入討論，外在的儀表雖然吸引眼球，但個人品格的高低更為根本。

5

社説では、見た目はともかくとして、食品の味の重要性が強調されています。

社論強調，食物的外觀雖然吸引人，但口味的美惡才是真正的關鍵所在。

～はまだしも、ならまだしも

若是…還說得過去、（可是）…、若是…還算可以

類義表現

～はおろか
別說…了，就連…

接續方法 {名詞}＋はまだしも、ならまだしも；{形容動詞詞幹な;[形容詞・動詞] 普通形}＋(の)ならまだしも

1 【埋怨】是「まだ(還…、尚且…)」的強調說法。表示儘管不滿意，但相比之下，前述的情況還可以接受。雖然並未給予積極的認可，但至少可以接受。

2 〖副助詞＋はまだしも＋とは〗 前述部分可接副助詞「だけ、ぐらい、くらい」，後述部分則可接表示驚訝的「とは、なんて」以呼應前述部分。

例文

1 社説では、一部の企業がコーヒーブレイクはまだしも、昼食をデスクで摂る習慣について問題提起を行っています。

在社論中，對於一部分企業，將吃午餐這種習慣限縮在辦公桌前（比起喝咖啡休息來說更為嚴重）提出了質疑。

2 社説で、善意ならまだしも、表面的な慈善活動に対する批判が展開されています。

社説對於那些表面的慈善活動提出批評，誠心實意的行為當然值得肯定，但如果只是為了樹立形象，則難以被接受。

3 トレーニングが少し遅いだけならまだしも、驚いたことに選手たちは全然練習に集中していなかった。

即便訓練稍有延遲，也不足為奇；然而，球員們竟毫無專注於練習的意識，這才真正令人驚訝。

4 社説で、上層部が決定したならまだしも、部下が自己判断で行動を取る問題が指摘されています。

社説指出一個疑問：如果決策是由公司高層作出，我們尚可理解；然而，如果是由下屬擅自決定，則引發了問題。

5 税制改革の遅延ぐらいはまだしも、それが社会保障に影響を及ぼすとは、許容範囲を超えている。

税制改革的延遲尚可容忍，但如果此事影響到社會保障體系，則已經超越了我們的忍受範圍。

〜べきではない

不應該…

類義表現

〜ものではない
不應該…

接續方法 {動詞辭書形}＋べきではない

1 【禁止】 若動詞為「する」，則可以用「すべきではない」或「するべきではない」。
  表示某行為在道德、常識、社會公共理念等規範下被視為不應該進行的。

2 〖忠告〗 也含有給予忠告或勸說的意義。

例文

1

社説では、ある状況下で、今帰るべきではない理由
や考慮すべき点が説明されています。

社論詳細論述了在特定情境下，我們避免立即返回的原因，以及需要深思熟慮的相關議題。

2

社説では、過去の失敗を検証し、行くべきではなかっ
た理由や教訓が示されています。

社論分析了過去的挫敗，揭示了我們不應該前往的理由，以及我們應從中獲取的啟示。

3

社説では、公共の場で大声を出すべきではないとの
主張が取り上げられています。

社論強烈主張，在公共空間應避免高聲喧嘩。

4

社説では、危険な地域への不必要な旅行は行うべき
ではないとの警告が掲載されています。

社論提醒讀者，應避開無必要的冒險，不應輕易前往危險地帶旅行。

5

社説では、職場でカジュアル過ぎる服装をするべき
ではないと強調しています。

社論著重強調，在職場中應避免穿著過度隨性的衣著，保持專業形象。

〜ぶり、っぷり

1.…的樣子、…的狀態、…的情況；3.相隔…

接續方法 {名詞；動詞ます形}＋ぶり、っぷり

1 【樣子】 前接表示動作的名詞或動詞的ます形，表示前接的動作或名詞的樣子、狀態或情況，如例(1)、(2)。

2 〖っぷり〗 在某些情況下，也可以説成「っぷり」，如例(3)。

3 【時間】 當用於表示時間或期間時，「{時間；期間}＋ぶり」表示自上次發生某事已過了多久，暗示著説話人對於時間流逝的感覺，如例(4)、(5)。

例文

1
議員の演説ぶりからすると、新政策に対する強い意志が感じられる。

從議員的言辭激昂，我們可以洞悉他對於新政策充滿堅定的決心。

2
社説では、新入社員が先輩の仕事ぶりを見習う効率性を称賛しています。

在讀者論壇裡，新進員工致力學習並模仿前輩的工作模式與效率，贏得了一致讚譽。

3
社説で、彼女のいい飲みっぷりがストレス解消方法として紹介されています。

社論中，她優雅品酒的風範，被描繪為一種有效的緩解壓力的方式。

4
社説では、5年ぶりの帰国が家族や地域社会に与える喜びや経済効果について触れられています。

在社論裡，記述了5年後首度回國所帶給家庭和地方社區的歡欣，以及其所帶來的經濟效益。

5
社説では、10年ぶりの彼女との再会が人生のターニングポイントとして取り上げられています。

讀者論壇裡，與前女友10年來的首次重逢被視為人生的一個重要轉折點。

～ほどだ、ほどの

幾乎…、簡直…

類義表現

～ぐらいだ
簡直…

接續方法 {名詞；形容動詞詞幹な；[形容詞・動詞] 辭書形}＋ほどだ、ほどの

1 【程度】通過引用具體情況或事例來描繪事態的程度。透過後項的具體事例，説明前項的程度或強度，如例(1)～(3)。

2 〖ほどの＋N〗當後接名詞時，可使用「ほどの＋名詞」，如例(4)、(5)。

例文

1

社会の不公平が広がる現状は、見るのも嫌なほどだ。

對於不斷擴大的社會不公現狀，已達到令人厭惡的地步。

2

生活コストの高騰が進む現状で、毎月食費を削るほどだ。

在生活成本如潮水般不斷攀升的今天，我甚至被迫每月節省食物的開支。

3

新聞は大好きだ。どんな小さな記事を読むのも喜ぶほどだ。

我對新聞有著深厚的熱愛，哪怕是閱讀再微小的報導，也能讓我洋溢著喜悦。

4

彼の意見ほどの深い洞察力を持つものはなかなか見つからない。

鮮少有人能如他那般，擁有深邃且敏鋭的洞察力。

5

記事の内容は、息も止まるほどの情報でした。

該篇報導的內容包含了令人驚愕至極的信息。

～ほど～はない

1. 沒有比…更…；2. 用不著…

1 【比較】通過使用「{名詞；形容動詞詞幹な；[形容詞・動詞] 辭書形}＋ほど～はない」來表達在所有相似事物中，該事物是最高或最好的，除此之外無法找到可比較的事物，強調說話人對該事物的主觀評價，如例(1)、(2)。

2 【程度】當用於表示程度時，「{動詞辭書形}＋ほどのことではない」表示事態輕微，並無大礙，帶有「用不著…」之意，如例(3)～(5)。

例文

1

まったく今回のインフレほど厳しいインフレはない。

的確我們從未經歷過像這次的通脹如此劇烈的情況。

2

まさに食糧危機が深刻なほど悲惨なことはない。

確實再也沒有比糧食危機更深刻、更悲慘的事情了。

3

エディターからの批評は確かに厳しいものですが、涙が出るほど心に傷つくことではない。

來自編輯的評論固然苛刻，但並不至於讓人難過到落淚。

4

小さな誤報だ。記事を取り下げるほどのことではない。

僅僅是一個微小的報導錯誤，並無必要撤下整篇文章。

5

一部の読者からの批判だから、新聞を休刊するほどのことではない。

只是來自一部分讀者的批評，並不足以讓報紙停刊。

～まい

1. 不打算⋯；2. 大概不會⋯；3. 該不會⋯吧

接續方法｛動詞辭書形｝＋まい

1 【意志】表達說話人決心不進行某一行為的強烈否定意志，主語必須為第一人稱。主要在書面語中使用，如例(1)～(3)。

2 【推測】「まい」是一種助動詞，主要用於表示否定的推測。當講話者確信某事不會發生，或者對某事有否定的預期時，通常會使用「まい」。例如，「彼は来るまい」的意思是「他應該不會來」，如例(4)。

3 【推測疑問】「まいか」則是「まい」的疑問形式，用於表示對自己或他人的疑問或建議。例如，「試みてみるまいか？」的意思是「試著做看看如何？」此外，「まいか」也可以用於表示自問自答的內心疑問，是現代日語中還在使用的具有古老風味的用法，如例(5)。

例文

1
今後、不適切な情報は絶対に公開しまいと、私は決心した。

對於未來，我鐵心不再公開任何不當的訊息。

2
絶対に贅言は言うまいと、決心した。

我立下堅定的決心，決不口出多餘之辭。

3
誤報は繰り返すまいと、心に誓った。

我發誓，絕不再犯錯誤報導的過錯。

4
その記事を書いても、読者は失うまい。

即使撰寫那篇文章，讀者應該也不會流失吧。

5
やはり、編集者は私の提案を受け入れるのではあるまいか。

編輯真的有可能會接受我的建議嗎？

〜まま

1. 就這樣…、依舊；2. …著

接續方法 {名詞の;この/その/あの;形容詞普通形;形容動詞詞幹な;動詞た形;動詞否定形}＋まま

1 【狀態】表示某狀態保持不變，沒有任何改變的情況下一直持續下去，如例(1)～(3)。

2 【無變化】表達在某種不變的狀態下進行某一行為或事件，如例(4)、(5)。

例文

1 読者論壇では、多くの人が自分の故郷が昔のままの姿で残っていることに感慨深い思いを抱いている。

在讀者論壇上，許多人對自己故鄉那始終不變的風貌感慨萬分。

2 地方のインフラは投資不足で、まだ古いままだ。

由於投資短缺，地方的基礎設施仍維持著老舊的樣貌。

3 久しぶりにこの新聞を読んだが、一貫した質の高さは変わらないままだった。

我已有一段時間未翻閱這份報紙，然而，其始終如一的高品質依舊不變。

4 編集者は質問の回答を待ったまま、新しいトピックに移行しました。

編輯在等待問題回應的同時，巧妙地轉移至新的話題。

5 読者は興奮したまま、新しい議論に参加しました。

讀者在激動狀態下，投入了新的討論。

〜まま（に）

1.任人擺佈、唯命是從；2.隨意、隨心所欲

類義表現
〜なり
任憑…

接續方法 {動詞辭書形；動詞被動形}＋まま（に）

1 **【被動】** 表示說話人處於一種被動的狀態，無法自主、任人擺佈。後項通常帶有消極含義，通常使用「られるまま（に）」的形式，如例(1)～(3)。

2 **【隨意】** 表達一種順其自然或隨心所欲的態度，如例(4)、(5)。

例文

1
マスメディアに誘導されるまま、公衆の意見は時に大きく揺れ動く。

在媒體的牽引之下，公眾的觀點有時會產生劇烈的搖擺。

2
批評家の意見に流されるまま、自分の見解を書き直した。

受評論家的啟發，我對自身的觀點進行了重塑。

3
読者の反応に影響されるまま、新聞の方向を変えてしまった。

在讀者反饋的推動下，我調整了新聞的走向。

4
読者の声に耳を傾け、感じたことを思いつくままに書き留めました。

我傾聽讀者的呼聲，並將自身所感的紀實於文字之中。

5
記者の仕事をしている間、好きなトピックを選ぶままに、世界の色々な話題を追ってきました。

作為記者，我一直遵循自身之心，追尋著全世界的各種話題。

～に基づいて、に基づき、に基づく、に基づいた ／根據…、按照…、基於…

違反者は法律に基づいて処罰されます。

違者依法究辦。

～によって（は）、により ／靠…、通過…；因為…

その村は、漁業によって生活しています。

那個村莊，以漁業為生。

～による ／因…造成的…、由…引起的…

雨による被害は、意外に大きかった。

因大雨引起的災害，大到叫人料想不到。

～にわたって、にわたる、にわたり、にわたった ／經歷…、各個…、一直…、持續…；(或不翻譯)

この小説の作者は、60 年代から 70 年代にわたってパリに住ん
でいた。

這小説的作者，從 60 年代到 70 年代都住在巴黎。

～ば～ほど ／越…越…

話せば話すほど、お互いを理解できる。

雙方越聊彼此越能理解。

～ばかりか、ばかりでなく ／豈止…，連…也…、不僅…而且…

彼は、勉強ばかりでなく、スポーツも得意だ。

他不光只會唸書，就連運動也很行。

～はもちろん、はもとより　　／不僅…而且…、…不用說、…自不待說，…也…

病気の治療はもちろん、予防も大事です。

生病的治療自不待説，預防也很重要。

～反面、半面　　　　　　　　／另一面…、另一方面…

産業が発達している反面、公害が深刻です。

產業雖然發達，但另一方面也造成嚴重的公害。

～ほかない、ほかはない　　　／只有…、只好…、只得…

書類は一部しかないので、複写するほかない。

因為資料只有一份，只好去影印了。

～ほど　　　　　　　　　　　／…得、…得令人

お腹が死ぬほど痛い。

肚子痛死了。

～向きの、向きに、向きだ　　／朝…；適合…

南向きの部屋は暖かくて明るいです。

朝南的房子不僅暖和，採光也好。

～向けの、向けに、向けだ　　／…面向、對…

初心者向けのパソコンは、たちまち売れてしまった。

針對電腦初學者的電腦，馬上就賣光了。

〜もの、もん ／因為…嘛

花火を見に行きたいわ。だってとてもきれいだもん。

我想去看煙火，因為很美嘛！

〜ものか ／哪能…、怎麼會…呢、絕不…、才不…呢

彼の味方になんか、なるものか。

我才不跟他一個鼻子出氣呢！

MEMO

～も～ば～も、も～なら ～も

類義表現
～も～も
也…也…

既…又…、也…也…

接續方法 {名詞}＋も＋{[形容詞・動詞]假定形}＋ば {名詞}＋も；{名詞}＋ も＋{名詞・形容動詞詞幹}＋なら、{名詞}＋も

【並列】 用於將相似的事物並列起來，以達到強調的效果，如例(1)～(4)。或者並 列對照的事物，表示情況的多樣性，如例(5)。

例文

1 今回の読者論壇では、教育改革の議論も活発であれば、学 生のストレスに関する意見も多く寄せられています。

在這次的讀者論壇中，無論是對於教育改革的熱烈辯論，或是對學生壓力 的各種見解，都有所涉獵。

2 読者論壇での指摘によれば、政治家も有能であれば、 人柄も良い方が求められるとのことです。

根據讀者論壇的呼聲，政治家不僅要有才幹，更需兼備優良的品格。

3 リンゴのフォーラムでは、種類も豊富で、緑色もの もあれば、黄色いものもある。

在蘋果的論壇中，品種繁多，既有翠綠的，又有黃澄澄的。

4 その製造業者のフォーラムは、価格も適正なら、サ ポートも一流だ。

在該製造商的論壇中，價格公道之餘，支援服務也達到一流的水平。

5 昨日の選挙は候補者も多ければ、争点も多く、熱戦 が繰り広げられました。

昨天的選舉中，無論是眾多候選人，或是各種爭議點，都掀起了一場激烈的競逐。

～も～なら～も

…不…，…也不…、、有…的不對，…有…的不是

類義表現

も～し～も
既…又

接續方法 {名詞}＋も＋{同名詞}＋なら＋{名詞}＋も＋{同名詞}

【譴責】 表示兩種情況或對象都有不足或錯誤，帶有譴責的語氣。

例文

1

こうがくのうぜいしゃ こうがくのうぜいしゃ ちゅうしょう き ぎょうしゅ ちゅうしょう き ぎょうしゅ
高額納税者も高額納税者なら、中小企業主も中小企業主
こうせい ぜいせい ど ふ ざい ひ なん
だ。しかし、公正な税制度不在は非難されるべきだ。

高額納税者有其自身的困擾，中小企業主也有其困境，不公的稅制應該受到批評。

2

しんぶん き かん しんぶん き かん いっぱん し みん いっぱん し みん
新聞機関も新聞機関なら、一般市民も一般市民だ。
しんじつ ま ほうどう ひ はん たいしょう
真実を曲げる報道は批判の対象だろう。

新聞機構有其缺失，普通市民亦有其失誤。對於扭曲事實的報導，我們更應提起批判的矛頭。

3

かんきょうかつどう か かんきょうかつどう か こうぎょうかい ひとびと こうぎょうかい
環境活動家も環境活動家なら、工業界の人々も工業界の
ひとびと かんきょう む せきにん けんせき
人々だ。しかし環境への無責任は譴責されるべきだ。

環保活動家可能犯錯，工業界人士同樣有其缺點。任何對環境不負責任的態度都應受到譴責。

4

か がく ぎ じゅつせんもん か か がく ぎ じゅつせんもん か いっぱんてき いっぱんてき
科学技術専門家も科学技術専門家なら、一般的なユーザーも一般的なユー
り べんせい む し ぎ じゅつかいはつ いっぱん しょうしゃ けんせき
ザーだ。だが、利便性を無視した技術開発は、一般使用者から譴責されるべきだ。

科技專家有其過失，一般用戶也有其疏忽。對於忽視使用者體驗的技術開發，普通用戶有權進行譴責。

5

はっしんしゃ はっしんしゃ しん どく
フェイクニュースの発信者も発信者なら、信じる読
しゃ どくしゃ
者も読者だ。

若是製造假新聞的人有錯，那麼那些隨意相信的讀者亦有其不當之處。

～もかまわず

（連…都）不顧…、不理睬…、不介意…

接續方法｛名詞；動詞辭書形の｝＋もかまわず

1 【無視】表達對某事物的無視或不在乎的態度，常用於不理睬他人的感受或觀感，如例(1)～(4)。

2 〔優先〕使用「にかまわず」來表示無視前述事物的狀況，將後述事物視為優先，如例(5)。

例文

1
スマホをいじりながら歩く人が多くなってきた。歩きスマホは危険なのに、人目もかまわずやってしまう人もいる。
最近，沉迷於手機的行人越來越多，他們在不顧周遭風險與眾目睽睽下，執意如此行為。

2
法律があるのもかまわず、政府は増税策を進めてきた。

政府縱然法律束縛，依舊毅然推動增稅政策，對法規置若罔聞。

3
店内での撮影を禁止しているにもかかわらず、SNS映えを狙って人目もかまわず写真を撮っている人がいます。
雖然店內明令禁止攝影，但為了在社交媒體上引人注目，有人卻對旁人的目光毫不在意，仍在店內拍照。

4
交通ルールもかまわず、自転車でスピード違反する人が増えている。
藐視交通規則，騎自行車超速的人層出不窮。

5
新型コロナウイルスの拡散にかまわず、医療従事者たちは勇敢に仕事を続けている。
面對疫情蔓延的威脅，醫療工作者仍堅毅地持續奉獻在他們的職業上。

〜もどうぜんだ

…沒兩樣、就像是…

接續方法 {名詞；動詞普通形}＋も同然だ

【同質性】 表示前述和後述事物的同質性，有時含有嘲諷或不滿的語感。

例文

1
そのプロ野球選手の成績は低迷しており、彼の存在は忘れられたも同然だ。

那位職業棒球選手的表現長期不振，他的存在就彷彿被世人遺忘一般。

2
現首相が前首相の政策をそのまま継続しているから、前首相がまだ在任しているも同然だ。

由於現任首相照搬前任首相的政策，實際上就猶如前任首相依然掌權一般。

3
現在の経済情勢について、多くの人々が混乱していて、具体的な解決策がないも同然だ。

眼對當今的經濟形勢，許多人感到困惑，仿佛沒有清晰的解決方案可言。

4
環境汚染の問題について、政府の取り組みが不十分で、手付かずの状態も同然だ。

就環境污染問題而言，政府的行動遠遠不足，好像尚未開始著手解決一般。

5
今回の選挙で、その候補者が大きな票差をつけているから、彼が当選するも同然だ。

在這次選舉中，該候選人已取得選票上的絕對優勢，他的勝選已無庸置疑。

〜ものがある

1. 有…的價值；2. 確實有…的一面；3. 非常…

類義表現

〜ことがある
有時也會…

接續方法 {形容動詞詞幹な；[形容詞・動詞] 辭書形}＋ものがある

1 【肯定】 表示肯定某人或事物的優點，由於說話人對某些特質的觀察，從內心深處做出的肯定評價，是種強烈的確認，如例(1)、(2)。

2 【感觸】 用於表達由某一事態而產生的感觸，如例(3)、(4)。

3 【讚賞】 表示對某一事態的讚賞，如例(5)。

例文

1

あの政治家の言葉には、大きな影響を与えるものがある。

那位政治家的言論擁有深遠的影響力。

2

近年の科学技術の進歩には、人類の未来を変える可能性を秘めたものがある。

近年的科技進展確實帶來了能改變人類未來的可能性。

3

経済的な理由で、その会社は倒産することになった。多くの従業員たちの今後の生活には不安が感じられるものがある。

因經濟困境，該公司被迫申請破產。許多員工的未來生活充滿了困惑與擔憂。

4

彼の行為には恥ずかしいものがあると時事評論は厳しく批判しています。

時事評論對他的行為提出了強烈指責，揭示其中存在著令人難堪的因素。

5

彼のストーリーには見事なものがあり、それが時事評論によって高く評価されています。

他的故事具有令人讚歎的特點，因此受到了時事評論的高度讚譽。

Practice・8

問題一	次の文の（　　）に入る最も適当な言葉を１・２・３・４から選びなさい。

1 彼は、演技力は（　　）人柄が素晴らしいので、ハリウッドのスターたちとすぐに打ち解けた。
　１．ともかく　　　２．とおりに　　　３．ことから　　　４．ような

2 映画のプレミア上映は、挨拶（　　）すぐに始まった。
　１．ぬきで　　　２．すえに　　　３．うちに　　　４．うえに

3 彼女は人権問題に熱心（　　）、環境保護にも尽力しています。
　１．けれども　　　２．ならば　　　３．加えて　　　４．そって

4 彼のスキャンダルの噂はどこか信用できない（　　）。
　１．ものだ　　　２．ことだ　　　３．ことがある　　　４．ものがある

5 彼は疲労困憊だったが、コンサートの最後まで歌い（　　）。
　１．きりた　　　２．ぬいた　　　３．かけた　　　４．こめた

6 資金が足りない（　　）彼のアーティストとしてのキャリアを断念せざるを得なかった。
　１．おうじて　　　２．おかげで　　　３．ばかりに　　　４．とおりに

7 そのコンサートのチケットの売上（　　）そのイベントの成功、失敗が決まります。
　１．によって　　　２．にかわり　　　３．によると　　　４．にもとに

8 　有名な映画スターたちは、パパラッチの目も（　　）手をつないで歩いていた。
1．こたえて　　　2．とおりに　　　3．かまわず　　　4．ように

9 　この映画は映画愛好家（　　）。
1．とおりだ　　　2．しだいだ　　　3．むきだ　　　　4．ことだ

10 　映画の中では、ヒロインが抵抗を（　　）、状況がますます困難になった。
1．したらしたほど　　　　　　　2．いえばいったほど
3．すればするほど　　　　　　　4．でればでるほど

問題二　　文を完成させなさい。

1 （　　　　　　　　）に基づいて（　　　　　　　　）。

2 （　　　　　　　）向きだ。

3 （　　　　　　　　　　　　　　　）ものがある。

4 （　　　　　　　）もん。

5 （　　　　　　　）はともかく（　　　　　　　　　）。

6 （　　　　　　）によると（　　　　　　　　　　　）。

7 （　　　　　　　）ぬかなければならない。

8 （　　　　　　　）ば（　　　　　）ほど（　　　　　）。

～ものだ

1. 以前…；2.…就是…；3. 本來就該…、應該…

類義表現

～ことだ
非常…

接續方法 {形容動詞詞幹な;[形容詞・動詞] 辭書形}＋ものだ

1 【回憶】 表示對過去經歷的回憶，通常包含現今狀況與過去的差異，如例(1)、(2)。

2 【感慨】 用於表達對常識性、普遍事物的必然結果的感慨，如例(3)。

3 【應當】 「{形容動詞詞幹な;形容詞・動詞辭書形}＋ものではない」用於表達某事理所當然或應該如此的情況，通常用於提醒或勸告。常轉為間接的命令或禁止，如例(4)、(5)。

例文

1
私はかつては熱心な政策立案者だったもので、よく激しい議論に巻き込まれたものでした。

我曾經身為一名政策狂熱者，常深陷於激烈的爭辯之中。

2
経済成長の波に乗った当時、一攫千金を夢見て起業したものだ。

回憶起經濟高速成長的歲月，我曾經夢想著一夜之間創業致富。

3
どんなに頑張っても、政策の成果が見えない時があるものだ。

有時候，無論付出多大的努力，政策的成效依然難以察覺。

4
公金を浪費するものではない。

我們應該避免浪費公共資金。

5
そんな攻撃的な言葉を使うものではない。

不應該使用如此具有攻擊性的言語來表達。

〜ものなら

如果能…的話，就…

接續方法 {動詞可能形}＋ものなら

1 【假設條件】用於描述一個實現可能性極小的狀況，但仍帶有期待實現的情緒。後面常接動詞的可能形式，口語中有時會使用「もんなら」，如例(1)～(4)。

2 〔重複動詞〕當使用重複的動詞時，強調實際上無法做到的含義，表示挑釁對方進行某行為。此用法具有挑戰對方、任其行動的含義。由於這種表達可能引起對方的反感，使用時需謹慎。後述部分常接「てみろ」、「てみせろ」等，如例(5)。

例文

1
もし旅行に行けるものなら、自然を感じに行ってみたい。

若有旅行的機會，我想去體驗大自然的懷抱。

2
受賞できるものなら、喜んで受け取るが、それは難しい。

如果有幸獲獎，我會欣然接受，雖然這很難達成。

3
あの有名な俳優と別れられるものなら、とっくに別れていた。

如果可以的話，我早就已經與那位知名演員分手了。

4
あの有名な歌手に、話しかけられるものなら、喜んで話しかける。

若能與那位著名歌手交談，我將樂於與他對話。

5
あの豪華なマンションに、住めるものなら、住んでみろよ。

如果你有辦法住在那座豪華的公寓，那就試試看呀。

〜ものの

雖然…但是…

接續方法 {名詞である；形容動詞詞幹な；[形容詞・動詞] 普通形}＋ものの

【逆接】 用於承認前述情況，但後述情況與前述情況無法一致發展。後述部分常是否定性的內容，通常表示對自身的行為、言論或某種狀態的不確定性，或是實現的難度等。

例文

1
経済専門家の広瀬さんは、市場動向に詳しいものの、投資家の意見とは必ずしも合わない。

儘管經濟專家廣瀬先生對市場走向抱持著深入的理解，然而他的觀點並非總是與投資者看法相吻合。

2
広瀬社長は、経済指標が好調なものの、経済の実感がない。

即便經濟指標展現亮眼，但廣瀬總裁卻體驗不到經濟繁榮的實際感受。

3
政府は約束をしているものの、実際に行動に移すのは遅々として進まない。

政府雖作出了承諾，然而在實際行動上進展緩慢。

4
経済成長はあるものの、格差も広がる傾向がある。

雖然經濟增長有所提升，但貧富差距卻日益擴大。

5
市場の動きを把握したものの、投資するタイミングを逃してしまった。

雖然掌握了市場的脈動，卻錯失了黃金的投資時機。

～やら～やら

…啦…啦、又…又…

類義表現

～たり～たり
…啦…啦

【接續方法】{名詞}＋やら＋{名詞}＋やら、{形容動詞詞幹;[形容詞・動詞] 普通形}＋やら＋{形容動詞詞幹;[形容詞・動詞] 普通形}＋やら

【列舉】用於從一組相似事項中列舉出兩項，常用於描述情況繁雜、令人難以承受的狀態。這種表達往往帶有煩躁、複雜，以及心情不悦的語感。

例文

1 政治家たちは、国内問題やら国際問題やらで忙しく動いています。
政治家們在國內問題與國際事務上忙得團團轉。

2 新型コロナウイルスの影響で、経済界では企業の倒産やら雇用問題やらが深刻な課題となっています。
受新冠疫情牽連，企業的破產與雇用問題在經濟界築起了嚴峻的議題。

3 試合が終わり、選手たちは嬉しいやら寂しいやらという複雑な感情に包まれた。
比賽結束後，選手們被喜悦、寂寞等繁雜情緒緊緊圍繞。

4 先月は試合で負けるやら、怪我をするやら、大変だった。
上個月，比賽失敗與受傷兩事齊發，實在是艱難不堪的一個月。

5 アジアや中東などで紛争が起きるやら、自然災害が発生するやら、ニュースが後を絶ちません。
亞洲、中東等地的衝突與自然災害等新聞，一樁接著一樁，令人疲於應對。

～をきっかけに（して）、をきっかけとして

以…為契機、自從…之後、以…為開端

類義表現

～を契機に
以…為契機

接續方法 {名詞；[動詞辭書形・動詞た形]の}＋をきっかけに（して）、をきっかけとして

1 【觸發關係】 表示新的進展或情況的觸發原因、機遇、動機等。後項常為與以前不同的變化，或是新的想法、行動等內容。如例(1)～(3)。

2 〖偶然情況〗 當使用「をきっかけにして」的結構時，則會帶有偶然的含義，如例(4)、(5)。

例文

1
北朝鮮のミサイル発射をきっかけに、日本政府は国防体制の強化を進めています。

以北韓導彈發射為引子，日本政府正積極推進國防體制的強化。

2
口論をきっかけとして、両者はむしろ親密な関係を築くこととなりました。

意外的口角爭吵成為轉機，雙方反倒建立起了深厚的關係。

3
財政危機に陥ったのをきっかけに、政府は経済改革を始めた。

以財政危機為契機，政府展開了經濟改革的步伐。

4
突然の発表をきっかけにして、市場において新しいトレンドが生まれました。

突如其來的發表，在市場中引發了新的風潮。

5
スキャンダルが発生したのをきっかけにして、政治家は政策を見直した。

以醜聞的爆發為引發點，政治家重新審視了自身的政策立場。

〜をけいきとして、をけいきに（して）

趁著…、自從…之後、以…為動機

接續方法 {名詞;[動詞辭書形・動詞た形]の}＋を契機として、を契機に(して)
【觸發關係】 表示某事件發生或進展的原因、動機、機遇或轉折點。前項通常是人生、社會或時代轉變的重要事件。「をけいきとして」是「をきっかけに」的書面語形式。

例文

1
半導体株が市況底入れを契機として、多くの投資家が上昇の波に乗ろうとしている。

在股市觸底反彈的時機下，許多投資者正蓄勢待發，嘗試乘著半導體股票的上揚之勢。

2
この事件を契機に、社会全体で防犯対策を強化することが求められています。

藉由這次事件作為觸發點，我們整個社會都需要鞏固防犯對策。

3
選挙に敗れたのを契機に、政党は戦略を見直し始めた。

以競選失利作為反思之源，政黨開始重新審視其策略路線。

4
スキャンダルが明るみに出たのを契機として、政治家は公職から退いた。

由於醜聞的曝光，作為推動力，該政治家結束了其公職生涯。

5
偶然の出来事を契機にして、日本と中国の文化交流が盛んになりました。

一個機緣巧合，使得日本與中國的文化交流逐漸密集。

～をたよりに、をたよりとして、をたよりにして

靠著…、憑藉…

接續方法 {名詞}＋を頼りに、を頼りとして、を頼りにして

【依據】表示依靠某人或某事物的幫助，或是以某事物作為依據，從而進行後述的動作。

例文

1

多くの高齢者が、年金を頼りに生活している。

許多老年人的生活依賴於他們的養老金。

2

多くの企業は、融資を頼りに経営を維持している。

眾多企業透過貸款的方式來維繫其營運。

3

この地域の経済は、観光産業を頼りに発展している。

這個地區的經濟是以旅遊業作為其發展的依賴之源。

4

将来の需要回復を頼りとして、投資家たちは半導体株への資金流入を続けている。

投資者期望未來需求的恢復，而持續流入資金投入半導體股票市場。

5

科学技術を頼りにして、農業生産者はより効率的な灌漑システムを開発している。

農業生產者正借助科學技術開發出更高效的灌溉系統。

～を～として、を～とする、を～とした

把…視為…（的）、把…當做…（的）

類義表現

～とする
作為…

接續方法 {名詞}＋を＋{名詞}＋として、とする、とした

【條件】 表示將某一物事，視為另一種事物或狀態，並基於這種確認或設定，進行後續的行動或判斷。「として」前面接的詞語通常表示地位、資格、名稱、類別或目標。

例文

1

そのチームは試合を中心として活動しています。

該隊伍以競賽為主軸的活動進行。

2

この協会は選手の健康を目的としています。

該協會以維護選手的健康為其宗旨。

3

田中さんをキャプテンとして、バスケットボールチームを作りました。

田中先生擔任隊長，創立了一支籃球隊。

4

彼は運動器具を中心としたスポーツ用品店を経営しています。

他經營一家主營運動器材的體育用品店。

5

このガイドブックは初めてジムを利用する人々を対象としたものです。

這本指南專為首次踏入健身房的人群所撰寫。

～をとわず、はとわず

無論…都…、不分…、不管…，都…

接續方法 {名詞}＋を問わず、は問わず

1 【無關】 這個結構表示不把前接的詞視為問題、與前接的詞無關，常見於「男女、昼夜、内外、有無、天候、年齢」等對義詞或包含程度差異的詞後，如例(1)～(3)。

2 〔肯定及否定並列〕 前接詞可以是肯定形與否定形並列的詞，如例(4)。

3 〔漢字使用〕 在廣告文案中，為了精簡表述，常會省略助詞，也會使用較多的漢字，如例(5)。

例文

1

この地域は、多くの人が訪れる国際的な観光地となっており、昼夜を問わず活気にあふれている。

這個地區已經變身為眾多遊客的國際熱門觀光景點，無時無刻都洋溢著動感活力。

2

「オール・ウェザー・コート」とは、天候はとわず使える世界中のスポーツ施設で使用されるコートのことです。

所謂的「全天候球場」指的是世界各地的運動場地，它們的特點是不受天候條件的影響。

3

近年、文化遺産保護の問題は国内外を問わず、国際的な関心を集めています。

近年來，無論在國內外，文化遺產保護問題都已經受到國際社會的高度關注。

4

君たちが参加するか参加しないかを問わず、私は一人でも取り組む。

無論你們是否選擇參與，我都會獨自實踐此事。

5

正社員募集。短期大学卒以上、専攻問わず、スポーツ愛好者歓迎。

現正招募正職員工。應徵者需具備短期大學以上學歷，專業不限，對運動有熱誠者更佳。

～をぬきにして（は／も）、はぬきにして

1. 沒有…就（不能）…；2. 去掉…、停止…

類義表現

～ぬきで
不算…

接續方法 {名詞}＋を抜きにして（は／も）、は抜きにして

1 **【附帶】**「抜き」來自於「抜く」的ます形，後來用作名詞。表示沒有前項，後項就無法成立，如例(1)～(4)。

2 **【不附帶】**表示在去除前項通常存在的情況下，進行後項的動作，如例(5)。

例文

1
この芸術家の作品について語るときには、彼の思想と技術を抜きにして語ることはできない。

談論這位藝術家的作品時，不能撇開他的思想和技術來談論。

2
この歴史的建造物の価値を語るときには、その文化的背景と歴史的背景を抜きにして語ることはできない。

談論這座歷史建築的價值時，不能撇開它的文化背景和歷史背景來談論。

3
この伝統行事の意義を理解するためには、歴史的背景を抜きにして、風習や習慣を理解することはできない。

要理解這個傳統活動的意義，不能撇開它的歷史背景，只了解風俗習慣。

4
市民の意見を抜きにしては、新政策の立案は進められない。

如果沒有市民的意見，就無法推進新政策的制定。

5
今回の文化ニュースでは、人種や国籍は抜きにして、世界中のさまざまな文化について取り上げたいと思います。

此次文化新聞，我們將不論種族或國籍，關注世界各地的多樣文化。

〜をめぐって（は）、
〜をめぐり、をめぐる

圍繞著…、環繞著…

接續方法 {名詞}＋をめぐって（は）、をめぐり、をめぐる

1 **【焦點】** 表示後項的行為或動作是針對前項的某一事情、問題進行的，如例
(1)～(4)。

2 **〖をめぐる＋N〗** 當後接名詞時，可以使用「をめぐる＋N」的形式，如例(5)。

例文

1

今回の試合中に起きた問題をめぐって、まだ議論が
続いている。

對於這場比賽中出現的問題，討論仍在進行之中。

2

今シーズンのチームの成績をめぐり、ファンたちが
争っている。

針對本賽季球隊的表現，球迷之間掀起了爭議。

3

選手のトレーニング方法をめぐって、コーチと選手
が対立している。

教練與選手在訓練方式上的選擇產生了分歧。

4

日本画をめぐっては、その解釈と評価が様々だ。

對於日本畫，各方面的詮釋和評論皆呈現多元差異。

5

半導体株の上昇をめぐる過熱感や米中対立の影響を、
投資家たちは慎重に見極めている。

投資者正在審慎評估半導體股票上揚所激發的投機熱情，以及中美關係對
此可能產生的影響。

～をもとに（して／した）

類義表現
～に基づいて
在…基礎上

以…為根據、以…為參考、在…基礎上

接續方法　{名詞}＋をもとに（して）

1 **【基準】** 表示將某事物作為後項的依據、材料或基礎等，後項的行為、動作是根據或參考前項進行的，如例(1)～(3)。

2 〖をもとにした＋N〗當用「をもとにした」來後接名詞，或作述語使用時，表示某事物是基於前項的，如例(4)、(5)。

例文

1
この新しい楽曲は、北欧の古い歌をもとに、音声合成技術を使用して作り出された。
這首新曲便是透過語音合成技術創作的，其靈感源於北歐的古老樂章。

2
多くのテレビドラマは、音声認識技術をもとに、戦争体験者が語った話をドラマ化している。
許多電視劇依據語音識別技術，將戰爭親歷者的故事改編為劇情。

3
最近では、人工知能技術をもとにして書いた、実際に起こった出来事を基にした物語が増えている。
近期，透過人工智能技術編寫的真實事件故事創作愈來愈多。

4
AI技術の発展は、漢字をもとにしたひらがなとかたかなの読み方を学習することにも役立っている。
人工智能技術的進步，也有助於學習以漢字為基礎的平假名和片假名讀音。

5
最新の自動車には、AI技術をもとにした自動運転システムが搭載されており、交通事故を大幅に減らすことができます。
最新款的汽車配備了以AI技術為核心的自動駕駛系統，極大地降低了交通事故的發生。

～ものだから　　　　　　　　　／就是因為…，所以…

足が痺れたものだから、立てませんでした。

因為腳麻，所以站不起來。

～ようがない、ようもない　　　　／沒辦法、無法…

道に人が溢れているので、通り抜けようがない。

路上到處都是人，沒辦法通行。

～ように　　　　　　　　　　　　／希望…、請…

ほこりがたまらないように、毎日掃除をしましょう。

要每天打掃一下，才不會有灰塵。

～わけがない、わけはない　　　　／不會…、不可能…

人形が独りでに動くわけがない。

洋娃娃不可能自己會動。

～わけだ　　　　　　　　　　　　／當然…、怪不得…

3 年間留学していたのか。どうりで英語がペラペラなわけだ。

到國外留學了 3 年啊。難怪英文那麼流利。

～わけではない、わけでもない　　／並不是…、並非…

食事をたっぷり食べても、必ず太るというわけではない。

吃得多不一定會胖。

～わけにはいかない、わけにもいかない　／不能…、不可…

友情を裏切るわけにはいかない。

友情是不能背叛的。

～わりに（は）　／（比較起來）雖然…但是…、但是相對之下還算…、可是…

この国は、熱帯のわりには、過ごしやすい。

這個國家雖處熱帶，但住起來算是舒適的。

～をこめて　／集中…、傾注…

みんなの幸せのために、願いをこめて鐘を鳴らした。

為了大家的幸福，以虔誠的心鳴鐘祈禱。

～を中心に（して）、中心として　／以…為重點、以…為中心、圍繞著…

点Aを中心に、円を描いてください。

請以 A 點為中心，畫一個圓圈。

～を通じて、を通して　／在整個期間…、在整個範圍…；透過…

彼女を通じて、間接的に彼の話を聞いた。

透過她，間接地知道他的事。

～をはじめ、をはじめとする　／以…為首、以及…、…等

客席には、校長をはじめ、たくさんの先生が来てくれた。

在來賓席上，校長以及多位老師都來了。

Practice • 9
[第九回練習問題]

| 問題一 | 次の文の（　）に入る最も適当な言葉を 1・2・3・4 から選びなさい。 |

1 彼女は 3 人の子どもの母親で、たとえ体調が悪くても休む
（　　）。
1. ことがある
2. おそれがある
3. わけにはいかない
4. というものだ

2 学校のスポーツ大会（　　）、クラスの全員がより友好的な関係を築いた。
1. をことから
2. にそって
3. にもとづいて
4. をきっかけに

3 市の主導による地域活性化イベントを（　　）町全体が賑わい始め、観光客の数が増加した。
1. けいきに
2. はじめに
3. しだいに
4. せいに

4 市民の皆様の期待（　　）、新任市長は地域活性化に向けて全力を尽くします。
1. におうじて
2. にもとづいて
3. にそえるように
4. にとおりに

5 その不正疑惑は検察官を（　　）通報した方が適切かもしれません。
1. ところに
2. 通じて
3. ところへ
4. わたり

6 最新の国語教育に関する研究報告は既存の研究資料（　　）作成されます。

1．をうえに　　2．をところに　　3．をもとに　　4．をおいて

7　彼は名門大学を卒業した（　　）、仕事のスキルは全く向上していない。

1．わりには　　2．とおりには　　3．ことから　　4．のように

8　愛情（　　）、彼女はパートナーのために特別なディナーを作った。

1．をぬきに　　2．をところに　　3．をこめて　　4．をおいて

9　失業率が上昇している。できる（　　）解決したいと思いますが…。

1．もので　　　2．ものの　　　3．ものでも　　4．ものなら

10　労働組合と会社との賃金問題の交渉が決裂しました。この状況では、労働者がストライキで問題を解決するしか（　　）。

1．しようがない　　　　　2．おそれがある
3．ことはない　　　　　4．わけにはいかない

11　この試験は年齢や学歴を（　　）、誰でも受けることが可能です。

1．ちゅうしんに　　　　2．もとに
3．とわず　　　　　4．なかに

12　日本文学の深い理解のため、彼は多くの文献（　　）研究しました。

1．を通して　　2．をところに　　3．をきいて　　4．をして

13　地球や他の惑星は太陽（　　）軌道を描いています。

1．をなかに　　　　　2．をちゅうしんに
3．をとわず　　　　　4．をおいて

14 あの政治家が公に腐敗を認める（　　）。

1．ことになっている　　　　　2．ことだ

3．わけがない　　　　　　　　4．ものがある

15 彼女は早い時期に結婚（　　）、あっという間に離婚してしまった。

1．したけど　　2．したもの　　3．したけども　　4．したものの

問題二　文を完成させなさい。

1 （　　　　　　　　　　　　　　）ものではない。

2 （　　　　　　）ように頑張ります。

3 （　　　　　　）を問わず（　　　　　　　　　　　　）。

4 （　　　　　　）をめぐって（　　　　　　　　）。

5 （　　　　　　　　　）ものだから、（　　　　　　　　）。

6 （　　　　　　）わけがない。

7 （　　　　　　）をきっかけに（　　　　　　　　　　）。

8 （　　）をはじめ（　　　　　　　　　　　　　　）。

9 私の国は1年を通して（　　　　　　　　　）。

10 （　　　　　　　　　　　　）わけではない。

11 （　　　　　）ものなら（　　　　　　　　　　　　　）。

MEMO

N2
TEST

JLPT

＊以「國際交流基金日本國際教育支援協會」的「新しい『日本語能力試驗』ガイドブック」為基準的三回「文法　模擬考題」。

問題 7 考試訣竅

N2的問題 7，預測會考12題。這一題型基本上是延續舊制的考試方式。也就是給一個不完整的句子，讓考生從 4 個選項中，選出自己認為正確的選項，進行填空，使句子的語法正確、意思通順。

過去文法填空的命題範圍很廣，包括助詞、慣用型、時態、體態、形式名詞、呼應和接續關係等等。應試的重點是掌握功能詞的基本用法，並注意用言、體言、接續詞、形式名詞、副詞等的用法區別。另外，複雜多變的敬語跟授受關係的用法也是構成日語文法的重要特徵。

文法試題中，常考的如下：

（1）副助詞、格助詞…等助詞考試的比重相當大。這裡會考的主要是搭配（如「なぜか」是「なぜ」跟「か」搭配）、接續（「だけで」中「で」要接在「だけ」的後面等）及約定俗成的關係等。在大同中辨別小異（如「なら、たら、ば、と」的差異等），及區別語感。判斷關係（如「心を込める」中的「込める」是他動詞，所以用表示受詞的「を」來搭配等）。

（2）形式名詞的詞意判斷（如能否由句意來掌握「せい、くせ」的差別等），及形似意近的辨別（如「わけ、はず、ため、せい、もの」的差異等）。

（3）意近或形近的慣用型的區別（如「について、に対して」等）。

（4）區別過去、未來、將來 3 種時態的用法（如「調べるところ、調べたところ、調べているところ」能否區別等）。

（5）能否根據句意來區別動作的開始、持續、完了 3 個階段的體態，一般用「…て＋補助動詞」來表示（如「ことにする、ことにしている、ことにしてある」的區別）。

（6）能否根據句意、助詞、詞形變化，來選擇相應的語態（主要是「れる、られる、せる、させる」），也就是行為主體跟客體間的關係的動詞形態。

從新制概要中預測，文法不僅在這裡，常用漢字表示的，如「次第、気味」…等，也可能在語彙問題中出現；而口語部分，如「もん、といったらありゃしない」…等，可能會在著重口語的聽力問題中出現；接續詞（如「ながらも」）應該會在文法問題 8 出現。當然閱讀中出現的頻率絕對很高的。

　　總而言之，無論在哪種題型，文法都是掌握高分的重要角色。

問題7　文の＿＿＿＿＿＿に入れるのに最もよいものを、1・2・3・4から一つ選びなさい。

1 さすが大学の教授＿＿＿＿＿＿、なんでもよく知っている。
1　に限って　　2　だけあって　　3　に決まって　　4　にとって

2 せっかくここまで頑張ったのだから、最後まで＿＿＿＿＿＿。
1　やるかのようだ　　　　　　2　やろうではないか
3　やらないではおかない　　　4　やるまでもなかった

3 胃の調子が＿＿＿＿＿＿、吸収しやすいものを食べることだ。
1　悪くても　　2　悪いなりに　　3　悪いなら　　4　悪いのに

4 購読する人が減少したため、発行を＿＿＿＿＿＿をえない。
1　中止せざる　　　　　　　　2　中止する
3　中止せず　　　　　　　　　4　中止しない

5 可愛らしい食器を見つけたので、＿＿＿＿＿＿いられなかった。
1　買わずとも　　　　　　　　2　買わずも
3　買わないにしろ　　　　　　4　買わずには

6 顔が_____、昨夜ぐっすり眠れなかったせいです。

1 腫れているには   2 腫れているのは

3 腫れているとか   4 腫れているとおり

7 彼は自分で会社を経営している_____、知識が豊富です。

1 だけに   2 たびに   3 くせに   4 かぎり

8 手持ちの現金が足りない_____、クレジットカードも持ってない。

1 うえに   2 以上は   3 ことに   4 によれば

9 強引に車を追い越した_____、衝突事故を起こした。

1 に応じて   2 に限って   3 からには   4 あげくに

10 _____質問は、できるだけしないで下さい。

1 回答ほかない   2 回答をはじめとする

3 回答しにくい   4 回答にすぎない

11 そんなことを言えば、彼の機嫌を_____。

1 損ねたくてたまらない   2 損ねるものではない

3 損ねるわけにはいかない   4 損ねかねない

12 末っ子だから_____、いつまでも甘えていないの！

1 というと   2 といって   3 といえば   4 というものの

問題 8　考試訣竅

　　問題 8 是「部分句子重組」題，出題方式是在一個句子中，挑出相連的 4 個詞，將其順序打亂，要考生將這 4 個順序混亂的字詞，跟問題句連結成為一句文意通順的句子。預估出 5 題。

　　應付這類題型，考生必須熟悉各種日文句子組成要素（日語語順的特徵）及句型，才能迅速且正確地組合句子。因此，打好句型、文法的底子是第一重要的，也就是把文法中的「助詞、慣用型、時、體態、形式名詞、呼應和接續關係等等」弄得滾瓜爛熟，接下來就是多接觸文章，習慣日語的語順。

　　問題 8 既然是在「文法」題型中，那麼解題的關鍵就在文法了。因此，做題的方式，就是看過問題句後，集中精神在 4 個選項上，把關鍵的文法找出來，配合它前面或後面的接續，這樣大致的順序就出來了。接下再根據問題句的語順進行判斷。這一題型往往會有一個選項，不知道要放在哪裡，這時候，請試著放在最前面或最後面的空格中。這樣，文法正確、文意通順的句子就很容易完成了。

＊請注意答案要的是標示「★」的空格，要填對位置喔！

問題8　次の文の　＿★＿　に入る最もよいものを、１・２・３・４から
一つ選びなさい。

（問題例）

　　私が＿＿＿　＿＿＿　＿★＿　＿＿＿分かりやすいです。

　　１　普段　　　２　参考書は　　　３　使っている　　　４　とても

（解答の仕方）

1. 正しい文はこうです。

> 　　私が＿＿＿　＿＿＿＿＿＿　＿★＿＿　＿＿＿分かりやすいです。
>
> 　　１普段　　３使っている　　２参考書は　　４とても

2. ＿★＿＿　に入る番号を解答用紙にマークします。

　　　　　　（解答用紙）　　（例）　　① ❷ ③ ④

13　考え事を＿＿＿　＿＿＿　＿★＿　＿＿＿においていかれてしまった。
　　１　歩いている　　　　２　しながら　　　３　みんな　　　４　うちに

14　今日の＿＿＿　＿＿＿　＿★＿　＿＿＿生産量は決められません。
　　１　見てから　　　　２　でないと　　　３　明日の　　　４　売れ行きを

15　決勝戦で＿＿＿　＿＿＿　＿★＿　＿＿＿、一躍ヒーローになった。
　　１　決めた　　　　２　ゴールを　　　３　きっかけに　　　４　ことを

16　専門の＿＿＿　＿＿＿、＿★＿　＿＿＿募集します。
　　１　問わず　　　　２　分野を　　　３　ある人を　　　４　やる気が

17　＿＿＿　＿＿＿　＿★＿　＿＿＿何事も解決しなければなりません。
　　１　なった　　　　２　以上　　　３　自分で　　　４　経営者に

216

問題9　考試訣竅

　　問題9考的是「文章的文法」，這一題型是先給一篇文章，隨後就文章內容，去選詞填空，選出符合文章脈絡的文法問題。預估出5題。

　　做這種題，要先通讀全文，好好掌握文章，抓住文章中一個或幾個要點或觀點。第2次再細讀，尤其要仔細閱讀填空處的上下文，就上下文脈絡，並配合文章的要點，來進行選擇。細讀的時候，可以試著在填空處填寫上答案，再看選項，最後進行判斷。

　　由於做這種題型，必須把握前句跟後句，甚至前段與後段之間的意思關係，才能正確選擇相應的文法。也因此，前面選擇的正確與否，也會影響到後面其他問題的正確理解。

　　做題時，要仔細閱讀 ⬚ 的前後文，從意思上、邏輯上弄清楚是順接還是逆接、是肯定還是否定，是進行舉例說明，還是換句話說。經過反覆閱讀有關章節，理清枝節，抓住關鍵之處後，再跟選項對照，抓出主要，刪去錯誤，就可以選擇正確答案。另外，對日本文化、社會、風俗習慣等的認識跟理解，對答題是有絕大助益的。

問題9　次の文章を読んで、 18 から 22 の中に入る最もよいものを、１・
　　　　２・３・４から一つ選びなさい。

　　フィンランドでは、教師は伝統的に人気の高い職業だ。もちろん安定
性や長い夏休み 18 もあるが、給料は仕事の大変さ、責任の重さに比べ
れば、 19 高いとはいえない。しかし、フィンランドに「教師は国民の
ろうそく、暗闇に明かりを照らし人々を導いていく」という言葉がある
ように、国民から尊敬されてきた職業なのだ。

　　とはいっても、「小学校の時に 20 あの先生に憧れて教師になりた
い」と思っている人は、私の周りにはほんのわずかしかいなかった。逆
に教職を目指す友人からはよく、今までに変わった先生や、嫌いだった
先生についての批判を耳にした。

　　彼らが教職を目指すのは「恩師への憧れ」というよりも、それまでな
んらかの形で「教える」経験をしてきており、その教えることの楽し
み、子どもたちへの愛、そして自分の知識を他の人にも伝えたいという
願い、というの 21 大きい。そして「知識を教える」ことだけにとどま
らず、広い意味で「教え育む教育」ということに情熱をもち、教師に憧
れている人がとても多い。これが、専門性と人間性両方を兼ね備えた教
師の質に 22 。

「フィンランド豊かさのメソッド」堀内都喜子

18

1 とでもいうべき魅力　　　2 といわれる魅力

3 ともいえる魅力　　　　　4 といった魅力

19

1 決して　　　　　　　　　2 よほど

3 どれほど　　　　　　　　4 必ず

20

1 教わった　　　　　　　　2 教えた

3 教えられた　　　　　　　4 教えてあげた

21

1 で　　　　　2 は　　　　　3 が　　　　　4 に

22

1 つながっておきました

2 つながっていくのだろう

3 つながっていなければなりません

4 つながられがちです

問題7 文の＿＿＿＿に入れるのに最もよいものを、１・２・３・４から一つ選びなさい。

1 去年の秋に会った ＿＿＿＿、一度も会っていない。

　１ から　　　　２ のに　　　　３ まで　　　　４ きり

2 明日の会議で発表するかどうか、今はまだはっきり決まっていない。発表しない＿＿＿＿発表できる準備をしておいた方がいい。

　１ にせよ　　　２ とか　　　　３ に応じて　　　４ にそって

3 早く寝た方がいいと＿＿＿＿、ついつい夜更かししてしまいます。

　１ 思いながら　　　　　　　２ 思うことなく

　３ 思うことだから　　　　　４ 思えばこそ

4 できるかできないか＿＿＿＿、とりあえず挑戦してみます。

　１ にそって　　２ にすれば　　３ にあたり　　４ にかかわらず

5 幼児の扱い＿＿＿＿、彼女はプロ中のプロですよ。

　１ にかけては　　　　　　　２ にわたって

　３ はもとより　　　　　　　４ もかまわず

6 見かけが＿＿＿＿、食べれば味は同じですよ。

　１ 悪いわりには　　　　　　２ 悪いをぬきにしては

　３ 悪いにしても　　　　　　４ 悪いようには

7 ＿＿＿＿もう仲直りできっこない。

　１ 謝っただけあって　　　　２ 謝るにつけ

　３ 謝るものなら　　　　　　４ 謝っても

8 入社から3カ月が過ぎ、新入社員も会社に＿＿＿＿＿あります。

1 溶け込むこと　　　　　　　　2 溶け込みつつ

3 溶け込むにつれ　　　　　　　4 溶け込むほど

9 熱がある＿＿＿＿＿、体がだるくてしょうがないです。

1 反面　　　　2 ものなら　　　3 わりに　　　　4 せいか

10 いろいろあるのが人生＿＿＿＿＿です。

1 というもの　　　　　　　　2 というはず

3 というわけ　　　　　　　　4 ということ

11 それは苦情＿＿＿＿＿、脅迫ですよ。

1 というにも　　　　　　　　2 というには

3 というと　　　　　　　　　4 というより

12 路が混雑しない＿＿＿＿＿、出発したほうがいい。

1 ついでに　　2 うちに　　　3 際は　　　　4 次第で

問題8　次の文の　★　に入る最もよいものを、1・2・3・4から一つ
　　　選びなさい。

（問題例）

_____ _____ ★ _____一番はやっています。
　1　今　　2　昨日　　3　映画は　　4　見た

（解答の仕方）

1. 正しい文はこうです。

_____ _____ ★ _____一番はやっています。
2　昨日　　4　見た　　3　映画は　　1　今

2．　★　に入る番号を解答用紙にマークします。

（解答用紙）　　（例）　① ② ❸ ④

13 どうしてあの時もう一度答えを見直さなかったのか _____ _____ ★
　　 _____。
　1　悔やまない　2　いられない　　3　と　　　　　4　では

14 今年こそは何とか _____ _____ ★ _____と思います。
　1　期待に　　　2　応えて　　　　3　みなさんの　4　優勝したい

15 _____ _____ ★ _____、彼は大阪出身に間違いないですよ。
　1　言葉遣い　2　して　　　　　3　から　　　　4　あの

16 ＿＿＿　＿＿＿　★　＿＿＿ あなたの行い次第です。

　1　信頼　　　2　は　　　　　3　えられるかどうか　　　4　を

17 ＿＿＿　＿＿＿　★　＿＿＿ 俳優を選びます。

　1　物語の　　　2　応じて　　　3　内容に　　　　　　　4　演じる

問題9 次の文章を読んで、18 から 22 の中に入る最もよいものを、1・2・3・4から一つ選びなさい。

　ところで、健康である、というのは、どういう状態をいうのでしょうか。

　私は、何かの病気にかかっているとか、体の一部が欠損しているとか、そういうことは健康とは一切 18 と思っています。

　その人が健康である、ということは、朝起きたときその日一日なにかしらやることがあり、その日一日を過ごすことに意欲を感じることができる、19 毎日を楽しく生きる心構えがある状態をいうのだと私は考えます。

　そういう人は重い病気や障害をもっている人の中にもたくさんいて、彼が彼女らが健康であることはその笑顔から分かります。逆に、いわゆる五体満足で、20 どこも悪いところがないのに、生きる意欲も感じられず、ただ毎日を無為に過ごしている若者もいますが、そういう連中は「健康である」とは 21 。

　吐血と肝炎で長い入院を繰り返したとき、一つ気がついたことがありました。

　病院に入って患者と呼ばれるようになると、その直前まで生活していた一般社会から隔離されます。たとえ外部との通信は自由でも、身体的には拘束され、身の回りの世話を看護婦さんたち 22 まかせます。さすがに最近は患者に幼児言葉で呼び掛けることはなくなったようですが、誰もが地位や肩書や職業から切り離され、自分の生活を他人に依存する、一介の無力な存在となるのです。

「今日よりよい明日はない」玉村豊男

18
1 関係する   2 関係がない
3 関係がある   4 関係すべき

19
1 当然   2 つまり   3 あたかも   4 まるで

20
1 検査をしつつ   2 検査をしようものなら
3 検査をした以上   4 検査をしても

21
1 言い難いでしょう   2 言い易いでしょう
3 言うはずでしょう   4 言うところでしょう

22
1 より   2 を   3 に   4 と

問題7 文の＿＿＿＿にいれるのに最もよいものを、１・２・３・４から一
　　　つ選びなさい。

1 こんなに暑い日は家でじっとしている＿＿＿＿。
　1 よりほかない　　　　　　　2 かのようだ
　3 おそれがある　　　　　　　4 一方だ

2 話し合いを始めるか始めない＿＿＿＿、彼は立って部屋から出ていった。
　1 かどうか　　　　　　　　　2 かと思ったら
　3 かのうちに　　　　　　　　4 かと思うと

3 すれ違いの生活が続いた＿＿＿＿、とうとう彼女は離婚しました。
　1 にあたり　　　2 ばかりに　　　3 だけあって　　　4 としては

4 食品の成分＿＿＿＿正確に表示するべきです。
　1 にとっては　　　　　　　　2 については
　3 に先立ち　　　　　　　　　4 における

5 彼女は感情を表に＿＿＿＿としているようでした。
　1 出さざる　　　2 出すかい　　　3 出すはず　　　4 出すまい

6 十分な蓄えがない＿＿＿＿、夫は突然会社を辞めてしまった。
　1 ことだから　　　　　　　　2 おかげで
　3 のもかまわず　　　　　　　4 からといえば

7 殴れる＿＿＿＿、殴ればいいじゃないか。
　1 ものなら　　　2 としても　　　3 にせよ　　　　4 ばかりに

8 青年＿＿＿＿中年＿＿＿＿、食生活には気を付けましょう。
1 や　　　　　2 にしろ　　　　3 とか　　　　　4 やら

9 調子も良いし、相手も強くないから、彼女が勝つ＿＿＿＿。
1 に過ぎない　　　　　　　　2 に相違ない
3 せいだ　　　　　　　　　　4 ことになっている

10 実験が成功したのは、あなたの頑張りがあったから＿＿＿＿。
1 にほかならない　　　　　　2 をはじめとする
3 おかげだ　　　　　　　　　4 次第だ

11 彼は苦労＿＿＿＿、やっと幸せな生活を手に入れました。
1 どころか　　2 のすえに　　3 次第で　　　4 ついでに

12 厳しい環境＿＿＿＿、人はよりたくましくなるものです。
1 に加えて　　2 にしろ　　　3 ぬきでは　　4 のもとで

問題8 次の文の ＿★＿ に入る最もよいものを、1・2・3・4から一つ
選びなさい。

（問題例）

＿＿＿＿ ＿＿＿＿ ＿★＿ ＿＿＿＿ です。

1 ともかくとして　　　2 実現性は

3 プロジェクト　　　　4 夢のある

（解答の仕方）

1. 正しい文はこうです。

＿＿＿＿＿＿＿　　＿＿＿＿＿＿　　＿★＿＿＿　　＿＿＿＿＿＿です。
2 実現性は　　1 ともかくとして　　4 夢のある　　3 プロジェクト

2. ＿★＿ に入る番号を解答用紙にマークします。

（解答用紙）　｜（例）｜① ② ③ ❹

13 レーザー治療したのに、シミは減る ＿＿＿＿ ＿＿＿＿ ＿★＿ ＿＿＿＿ です。

1 か　　　　2 どころ　　　3 増える　　　4 一方

14 園児らは ＿＿＿＿ ＿＿＿＿ ＿★＿ ＿＿＿＿ 歌を歌い始めた。

1 たくさんの乗客が　　　　2 大声で

3 かまわず　　　　　　　　4 いるのも

15 ＿＿＿＿ ＿＿＿＿ ＿★＿ ＿＿＿＿ 見直された。

1 先立ち　　　2 人員配置が　　　3 拡張に　　　4 業務の

228

16 ＿＿＿ ＿＿＿ ＿★＿ ＿＿＿ 100万円にすぎません。

1 あると　　　2 いっても　　　3 貯金が　　　4 わずか

17 ＿＿＿ ＿＿＿ ＿★＿ ＿＿＿ 、情勢を分析します。

1 情報を　　　2 して　　　3 入手した　　　4 もとに

問題9 次の文章を読んで、18 から 22 の中に入る最もよいものを、1・2・3・4から一つ選びなさい。

翌日は、朝からいろいろな人が来た。どの人も 18 顔をし、涙ぐんでいる人もいた。柩（注1）に近づく人はなく、ふたはとざされたままであった。

「こんな 19 …」と父方の伯母は言って、俊夫に顔を向けた。

涙のにじみ出ているその眼が恐しく、俊夫は視線をそらせた。

午後おそく、母方の伯父が、祖母とともに黒い服を着てやってきた。伯父は、いつもとちがったこわばった顔をしていて、両手をつき、父や父の親類に頭を畳につくほどさげ、小柄な祖母もそれ 20 ならった。

「男にだまされ、それだけでは 21 、こんな大それたことをして、全く馬鹿な奴です」伯父は、涙声で言った。

「別れたいなら、いつでも別れてやったんですよ。それなのに姿を隠したきりで、22 と言って、こんなことをされては、どうしたらいいんです。恥をかかされた上に、面当てまでされたようなものです。」伯母の声は、ふるえていた。

父は身じろぎもせず黙っていた。

注1：死体を収める箱

「秋の街」吉村昭

1 怒りげな　　　　　　　　　2 怒らせたような

3 怒ったような　　　　　　　4 怒りっぽい

19

1 子どもまでいるというのに

2 子どもまでいるというものでもない

3 子どもまでいるどころではない

4 子どもまでいようものなら

20

1 から　　　　　2 に　　　　3 が　　　　4 と

21

1 おさまるべし　　　　　　　2 おさまるかわりに

3 おさまったあげく　　　　　4 おさまらず

22

1 男に捨てられたから

2 男に捨てられたついでだから

3 男に捨てられたにあたっては

4 男に捨てられた末

第一回

問題7

1	2		2	2		3	3		4	1		5	4
6	2		7	1		8	1		9	4		10	3
11	4		12	2									

問題8

13	4		14	2		15	4		16	4		17	2

問題9

18	4		19	1		20	1		21	3		22	2

第二回

問題7

1	4		2	1		3	1		4	4		5	1
6	3		7	4		8	2		9	4		10	1
11	4		12	2									

問題8

13	4		14	2		15	3		16	3		17	2

問題9

18	2		19	2		20	4		21	1		22	3

第三回

問題 7
| 1 | 1 | | 2 | 3 | | 3 | 2 | | 4 | 2 | | 5 | 4 |

1 1   2 3   3 2   4 2   5 4
6 3   7 1   8 2   9 2   10 1
11 2   12 4

問題 8
13 3   14 3   15 1   16 2   17 4

問題 9
18 3   19 1   20 2   21 4   22 1

練習問題解答

第一回練習問題

問題一

題號	1	2	3	4	5	6	7	8	9	10
答案	2	2	2	1	2	3	1	3	4	2

題號	11	12	13	14	15
答案	2	2	3	3	3

問題二

1. （争いが解決し）ないかぎり（和平は訪れない）。
2. （市民の強い支持の）おかげで（彼は選挙に勝つことができた）。
3. 地球環境の改善に向けて、具体的な提案があれば、是非お知らせください。（私たちはできる）かぎりの（ことを実行します）。
4. （我々が権力を握っている）かぎりは（この国を良くし続ける）。
5. （経済政策の議論）は（ますます混沌とする）一方だ。
6. （長い議論の）あげくに（プロジェクトは中止になった）。
7. （彼の退任が確定した）上は（次の選挙戦略を考えるしかない）
8. 討論を続けているうちに、（コンセンサスが見えてきた）。
9. あの政治家は（腕がいい）うえに（高い人気も持っている）。
10. （このままでいくと、将来的な財政危機の）おそれがある。

第二回練習問題

問題一

題號	1	2	3	4	5	6	7	8	9
答案	4	2	2	4	4	1	1	3	3

問題二

1. （参加者たちは全員、チャリティーのために5キロメートルのコースを走り）きった。
2. （多数の国が、石油依存脱却のため、再エネ導入）のかわりに、（高効率技術を追求している。）
3. （困難を乗り越えた）からこそ、（私たちは真の強さを手に入れた）。
4. （彼は外交経験が豊富である）くせに、（誤解を招く発言をした）。
5. （中東情勢が不安定である）からといって、（石油価格が急上昇するとは限らない）。
6. （安全保障問題について、政府は公にコメントし）かねる。
7. （世界経済の悪化は、新興国の財政を揺るがし）かねない。
8. （国際サミットが開始される）か（開始されない）かのうちに、（各国の代表者たちは既に独自の交渉戦略を策定していた）。
9. （新型コロナウイルスの影響により、世界の各国で消費が減少し、結果として世界経済全体が下がり）気味です。

10. （環境保護の視点）からいうと、（石炭火力発電は非効率的である）。
11. （発展途上国）からすれば、（気候変動対策は重要な課題である）。

第三回練習問題

問題一

題號	1	2	3	4	5	6	7	8	9	10
答案	1	3	1	1	3	3	3	3	2	1

題號	11	12	13	14	15	16
答案	4	3	2	2	2	4

問題二

1. （彼という経験豊富な外交官）のことだから、（交渉はうまく進むだろう）。
2. （緊急の事態に直面しているため、政府は行動せ）ざるをえない。
3. 彼は（疲れを見せる）ことなく（粘り強く説明を続けた）。
4. （次回の国連総会の結果）次第で、（新たな国際協定が成立するかどうかが決まる）。
5. （国境の紛争の）せいで、（両国間の関係が悪化している）。
6. （国際会議の）最中に、（一つの重要な合意が達成された）。
7. （国民の幸福）こそ（政府が最も重視するべき目標だ）。
8. （すべての国が環境保護に協力する）ことになっている。
9. （新興国家が独自の技術を開発し、経済発展を遂げることがいかに重要な）ことか。
10. （持続可能なエネルギーの導入）さえ（行えば、我々の未来は明るいものとなる
    でしょう）。

第四回練習問題

問題一

題號	1	2	3	4	5	6	7	8	9	10
答案	2	2	3	3	1	4	3	4	1	1

題號	11	12	13	14
答案	2	1	1	1

問題二

1. （博物館を訪れる）ついでに、（地元の伝統的な料理を試してみる）。
2. （新しく制定された政策は問題）だらけで、（専門家たちがその解決策を提案して
   いる）。
3. （地元の音楽）は（全国的に広まり）つつある。
4. （博物館がリニューアルオープンして）以来、（訪問者の数が急激に増えている）。

5. たとえ（予算が限られ）ても、（我々は地元の芸術を支援し続けるつもりだ）。
6. （この社会問題の報道を見ていると、貧困問題の解決が緊急性を帯びている。と
　感じ）てなりません。
7. （公演が近づくにつれて、緊張で息苦しくて）たまらなくなった。
8. （音楽祭が開幕した）たとたん、（街は一変し、活気に満ちあふれた）。
9. （新しい芸術形式を探求し）つつ、（古典的な美学を尊重している）。
10. （詳細な研究を行っ）てからでないと、（文化遺産の修復は進められない）。
11. （祭りに参加する）たびに、（新しい文化体験が待ち受けている）。

第五回練習問題

| 問題一 |

題號	1	2	3	4	5	6	7	8	9	10
答案	1	3	3	2	2	3	2	2	3	3

題號	11	12	13
答案	4	2	4

| 問題二 |

1. （記事の提出締め切りに間に合わせよう）ところへ、急に（エディターから追加
　情報の要求がきた）。
2. （地方振興政策を推進する）としたら（何から手をつけるべきだと思いますか）。
3. （地域間の競争が続く中でも、この都市の急速な成長は効率的な政策の功績だ）
　ということだ。
4. （試合の結果が全てを決める）というものではない。（選手の健康や成長も重要で
　ある）。
5. 昨日、（市民団体の代表）として（彼女は市長に環境問題への対策を訴え続けまし
　た）。

第六回練習問題

| 問題一 |

題號	1	2	3	4	5	6	7	8	9	10
答案	2	3	1	3	2	2	3	4	1	2

題號	11	12	13	14	15
答案	3	1	3	1	4

1. （クラウド技術への理解が深まってきているため、最近では全社でクラウドを導入する企業が）ないことはない。
2. （既存のパソコン知識）に加えて（最新のプログラミングスキルの学習が求められる）。
3. （科学技術者）にかぎらず（一般市民も科学技術の発展に関心を持っている）。
4. （ユーザーのデバイス性能）に応じて（ウェブサイトは最適化される）。
5. （新型バッテリーの劣化問題が報告された）にもかかわらず（同製品の販売は好調だ）。
6. （新型ロボットの生産ライン開始）に際して（CEO が感謝の言葉を述べた）。
7. （オンラインプライバシーの保護）は（デジタル社会）において（重要な課題である）。
8. （選挙の日までまだ数日あるため、今からでも有権者にアピールでき）ないことはない。
9. （昔のモデルのスマートフォン）に比べて（最新モデルは処理速度が大幅に向上している）。
10. （新型スマートフォンの発表会）に先立ち（製造元がティーザー映像を公開した）。
11. （人工知能の倫理規範）に関して（国際会議が開催され、活発な議論が行われた）。
12. （データセキュリティが確保され）ないことには（ビッグデータを活用する企業が万全の注意を払っているとは言えない）。

第七回練習問題

問題一

題號	1	2	3	4	5	6	7
答案	2	3	1	1	1	4	2

問題二

1. （ダイエット中の人）にとって（低カロリー食品の選択は重要だ）。
2. （高齢化社会）に伴い、（高齢者向けのサービスや商品が増えている）。
3. （健康な生活）について（専門家が重要性を語った）。
4. （冬が近づく）につれて（暖房器具の販売が増えてきた）。
5. （天気予報）に反して（予想外の晴天に恵まれ、最高のピクニック日和となった）。
6. いくら（有名なレストラン）にしろ、（味が合わなければリピートしない）。

第八回練習問題

題號	1	2	3	4	5	6	7	8	9	10
答案	1	1	2	4	2	3	1	3	3	3

問題二

1.（オリジナルの脚本）に基づいて（映画が制作された）。
2.（彼の新曲は若者）向きだ。
3.（彼のスピーチには、聴衆の心を打つ）ものがある。
4.（音楽が生きがいだ）もん。
5.（舞台装置の簡素さ）はともかく（その演技は観客を魅了した）。
6.（映画監督の発言）によると（来年には新作映画の撮影を開始する予定だ）。
7.（市長は公約を守り）ぬかなければならない。
8.（リハーサルを重ねれ）ば（重ねる）ほど（完成度が上がる）。

第九回練習問題

問題一

題號	1	2	3	4	5	6	7	8	9	10
答案	3	4	1	3	2	3	1	3	4	1

題號	11	12	13	14	15
答案	3	1	2	3	4

問題二

1.（こうした攻撃的な表現を使用する）ものではない。
2.（改革に成功する）ように頑張ります。
3.（年齢や性別）を問わず（誰でもこの公募に応募することができる）。
4.（公園の利用規則）をめぐって（市民間で意見が分かれている）。
5.（突然の警報が鳴った）ものだから、（作業が中断してしまった）。
6.（彼が窃盗をする）わけがない。
7.（地域の大火事）をきっかけに（市民達が防火活動に積極的に参加し始めた）。
8.（政府）をはじめ（各団体が環境保護のためのキャンペーンを行っている）。
9. 私の国は1年を通して（平穏で、治安が良好だ）。
10.（年金問題があるとはいえ、すべての老人が困っている）わけではない。
11.（もし選挙権がある）ものなら（私は教育改革を求める政治家に投票するだろう）。

MEMO

絕對合格

引爆時事，30天內讓新聞助你攻克N2文法

[25 K +QR Code線上音檔]

【頭條考點 04】

■ 發行人／**林德勝**

■ 著者／**吉松由美、西村惠子、林勝田**

■ 出版發行／**山田社文化事業有限公司**
　臺北市大安區安和路一段112巷17號7樓
　電話　02-2755-7622
　傳真　02-2700-1887

■ 郵政劃撥／**19867160號　大原文化事業有限公司**

■ 總經銷／**聯合發行股份有限公司**
　新北市新店區寶橋路235巷6弄6號2樓
　電話　02-2917-8022
　傳真　02-2915-6275

■ 印刷／**上鎰數位科技印刷有限公司**

■ 法律顧問／**林長振法律事務所　林長振律師**

■ 書＋QR碼／**定價　新台幣 420 元**

■ 初版／**2023年 8 月**